世界少年经典文学丛书

聪明的小傻熊

[英]米尔恩　著

刘　伟　编译

中国出版集团　现代出版社

图书在版编目（CIP）数据

聪明的小傻熊／（英）米尔恩（Milne，A. A.）著；刘伟编译. —北京：现代出版社，2013.1　（2025.1重印）

ISBN 978 – 7 – 5143 – 1259 – 1

Ⅰ. ①聪… Ⅱ. ①米… ②刘… Ⅲ. ①童话 – 英国 – 现代 – 缩写 Ⅳ. ①I561.88

中国版本图书馆 CIP 数据核字（2013）第 021150 号

作　者	米尔恩
责任编辑	刘春荣
出版发行	现代出版社
通讯地址	北京市安定门外安华里 504 号
邮政编码	100011
电　话	010 – 64267325　64245264（传真）
网　址	www.xdcbs.com
电子邮箱	xiandai@ cnpitc. com. cn
印　刷	三河市嵩川印刷有限公司
开　本	700mm×1000mm　1/16
印　张	9
版　次	2013 年 2 月第 1 版　2025 年 1 月第 4 次印刷
书　号	ISBN 978 – 7 – 5143 – 1259 – 1
定　价	39.80 元

序 言

　　孩子是未来的希望，是父母心中的天使，是充满快乐的精灵。小学阶段更是孩子最快乐的时光，是孩子成长发育的黄金阶段。为了让孩子学习更多的课外知识，享受更加丰富的学习乐趣，我们策划了本丛书！

　　从小让孩子多读课外书，对培养孩子健康的心态和正确的人生观无疑将起着非常重要的作用。自《语文课程标准》公布以来，不少富有敬业精神、有才干的教师，在他们的教学中，担当起阅读教育的重担。他们在严谨的选材中，利用丰富的文学资源，向学生推荐了大量优秀的课外读物，实施了以"练成阅读和作文的熟练技能"为重要内容的阅读教育。大千世界充满了丰富的知识。阅读能丰富小学生的语文知识，增强阅读能力，提高写作水平，开阔视野，增长智慧。阅读本丛书，能够使孩子享受到阅读的快乐，激发起更浓厚的阅读兴趣，孩子的生活将充满新的活力与幸福！本丛书精选了世界名著和中国经典书目中流传最广、影响最大、最脍炙人口的作品，是培养小学生理解能力、记忆能力、创造能力的最佳课外读物。

　　最后需要指出的是，本丛书把世界上流传甚广的经典童话、寓言等也尽收其中，并将这些文学作品重新编写审订，使作品在不影响原著的基础上更适合少年儿童阅读，在丰富他们课余生活的同时提高语言和文字表达能力。本丛书通过科学简明的体例、丰富精美的图片等有机结合，使小读者不仅能直观地领略作品的精髓，而且还能获得更为广阔的文化视野和愉快体验。希望本丛书能成为孩子生活的一缕阳光照亮孩子前进的道路，能成为一丝雨露滋润孩子纯净的心灵。

　　　　　　　　　　　　　　　　　　　　　　　　　　　　编 者

目　录

聪明的小傻熊

小小旅行家

聪明的小傻熊

在菩角给老驴盖新屋

在生活中的某一天，天空还下起了大雪，有一只小熊菩实在感觉无聊，他想找点儿事干，于是就到小猪家去看小猪在干什么。

当他迈着笨重的步伐，走在森林中白色的小路上的时候，天上的雪依旧在下个不停。他想，也许小猪正坐在炉子前面暖和脚趾头呢。可是，当他来到小猪家时，吃惊的发现门居然是敞开着的，难道小猪没在家吗？他边想边往里面看，小猪确实不在里面。

"他出去了，"菩扫兴地自言自语道，"这是怎么回事？他不在家，看来我得自己单独去散步了。真糟糕！"但是，他转念一想，还是应该把门敲得再响一点儿，好弄清楚屋里究竟有没有人……

他焦急地等着小猪答门，可是并没有听见小猪的回应。菩一边等待开门，一边蹦着跳着想让自己能暖和一些。突然，他的脑海里闪现出一首小儿歌，此刻在他看来，这支小歌真的很不错，如果是哼给别人听，肯定可以让人充满希望。

越下雪，
雪越大，
嘀得儿哒！
越下雪，

越下雪呀，

嘀得儿哒！

脚趾头，

要冻坏啦，

嘀得儿哒！

可有谁，

知道呀？

嘀得儿哒！

我们的脚趾头，

越来越冷啦。

嘀得儿哒！

嘀得儿哒！

"现在我应该先回家去。"菩喃喃地自语，"看看现在已经越来越冷，也许我该在脖子上系条围巾，然后再去探望老驴，这样，我就可以把刚才编的那支小歌儿唱给他听。"他赶忙往自己的屋里走去，满脑子里尽琢磨着怎么给老驴唱歌了。

当他突然看见小猪坐在他那只最好的扶手椅中的时候，他挠着脑袋发愣地站在那儿，甚至搞不清楚现在是在谁的屋子里，"喂，小猪，我还以为你出门了呢。"

"不，"小猪说，"是你出门了，菩。"

"这倒是真的，"菩糊里糊涂地应道，"反正咱们俩当中是有一个出门了。"

他抬头望望他挂在墙上的钟，原来在几个星期以前，那个钟就停在十一点差五分那儿不动了。

"将近十一点了，"菩高兴地说，"现在该用点心垫垫肚子了。"说着他把头伸进食柜里，"小猪，过一会儿咱们就出门，去给老驴唱一下我写的那支歌儿。"

"哪支歌儿呀？菩？"

菩有些不耐烦地说:"就是咱们要给老驴唱的那支啊。"

大约半小时以后,菩和小猪终于出发了,但墙上的钟还是指着十一点差五分。

外面风停了,雪也仿佛是下得累了,不再打旋儿,这会儿朵朵小白花正轻轻地飘着,似乎想在一个地方静静地歇下来。

它们时而落在菩的鼻尖上,有时落在身上别的什么地方。不大一会儿工夫,小猪的脖子上就像是围上一条毛绒绒的白围巾,感觉耳朵后面越来越觉得冰凉冰凉的了。

"菩,"小猪终于忍不住说话了,脸上露出点儿不好意思,因为他实在不愿意让菩觉得他是被这冷天气给吓住了。他鼓足勇气说:"我正在考虑怎么办才好。要不然咱们现在先回家去练习一下你的歌,然后到明天——或——或者后天,等咱们再碰见老驴的时候,就唱给他听。你觉得如何?"

"这个主意不错。"菩赞同地说,"咱们根本用不着回家去练习,现在就可以边走边练习,因为这支歌儿是专门在雪地里唱的。"

"真的吗?"小猪忐忑地问。

"嗯,小猪,是真的。因为它的开头是这样唱的:越下雪,雪越大,嘀得儿哒……你一听就会明白的。"

"嘀得儿什么?"小猪问。

"哒,"菩笑着说,"我加上那个音,是为了让它更好听。脚趾头,快冻坏啦,嘀得儿哒……"

"你开始不是唱'越下雪,雪越大'吗?"

"对对对,可我现在……"菩说得自己也觉得有点稀里糊涂了,他接着又说,"我现在再好好地唱一遍给你听,你就会明白了。"

于是,他重新唱了一遍:

越下雪,
雪越大,
嘀得儿哒!

越下雪，

越下雪呀，

嘀得儿哒！

脚趾头，

要冻坏啦，

嘀得儿哒！

可有谁，

知道呀？

嘀得儿哒！

我的脚趾头，

越来越冷啦。

嘀得儿哒！

嘀得儿哒！

看他唱歌的那个样子，就好像除了这么唱再没有更好的唱法了。等他唱完以后，他得意地等着小猪来夸奖他。他以为小猪一定会说，所有下雪天气在室外唱的歌儿里，这支歌儿是最好的。

可是小猪却在仔细想过以后很严肃地说："菩，现在是耳朵比脚趾头冷得还厉害！"

不知不觉地他们已经离老驴住的"愁苦居"很近了。但是小猪的耳朵背后还是冰凉冰凉的，他真有点儿不耐烦了，于是他们就拐进了一个小松树丛，在入口处的木栅栏上面坐了下来。

虽然他们已经离开了雪地，可是天气依然很冷，为了取暖，他们把菩编的歌儿一连唱了六遍。小猪光唱"嘀得儿哒"，温尼·菩则唱其余的歌词，他们俩还一边唱一边用小棍打着拍子。

不一会儿，他们就觉得暖和多了，接着又聊起天来。菩说："我始终在想着老驴。"

"老驴怎么啦？"小猪不解地问。

"呃，可怜的老驴没有房子住。"

"是啊，他的确没有。"小猪说。

"小猪，你有个房子，我也有个房子，而且都是很好的房子。菩接着说，克利斯多弗·罗宾也有房子。猫头鹰、袋鼠妈妈以及兔子全都有房子，甚至连兔子的亲戚朋友们也都有住处。只有可怜的老驴一无所有。因此，我一直在想的事情就是：咱们给老驴盖个房子吧！"

小猪拍着手说："这主意太棒啦！咱们在哪儿盖呢？"

菩说："就在这儿，小树林边上，没有风的地方，因为这儿就是我出主意的地方。所以咱们就把它叫做'菩角'吧。咱们就在'菩角'用树枝给老驴盖一座'驴宅'好吗？"

小猪说："在小树林的那边有一堆树枝，我曾经看见过的，好多好多，全都堆在一块儿。"

"多谢啦！小猪，"菩说，"你刚才说的对咱们太有用了，这样一来，这个地方如果叫'菩角'就不太合适，我可以把它改名为'菩——小猪之角'。不过，还是'菩角'好一些，听起来显得小一点儿，也比较像个角落。随我来吧！"说着他俩从木栅栏上爬下来，到小树林的另一边去捡树枝。

与此同时，克利斯多弗·罗宾整个早晨都待在屋子里面玩"坐船去非洲再回来"的游戏来消磨时间，他刚刚"下船"，正琢磨着到室外去玩些什么。这时候老驴刚好来敲门。

"哈罗，老驴，"克利斯多弗·罗宾打开门走了出来，"你好吗？"

老驴愁闷地说："现在天还在下雪。"

"可不是嘛。"

"而且冷极了。"

"是吗？"

"是的，不过，"老驴说着，情绪好像稍微缓解了一点，"最近倒是没有出现地震。"

"到底出了什么事呀？老驴？"

"没什么，克利斯多弗·罗宾，没什么要紧的。在附近你有没有见到过一个什么房子？"

"哪一类的房子？"

"就是个房子。"

"谁在那儿住？"

"我。至少我认为我本来是应该住在房子里面的，不过现在觉得我还是不在房子里面住了。反正每个人不见得都有房子住。"

"可是，老驴，我不知道。我还一直以为——"

"我也清楚发生了什么，克利斯多弗·罗宾。可是在这种下雪的天气，别说还有冰凌什么的……

就是到凌晨三点钟左右，在我现在那个地方，也不像有些人想像的那么热呀……"然后他提高了嗓门说着"悄悄话"："克利斯多弗·罗宾，不瞒你说，可别告诉别人，实际上那里确实是太冷了！"

"哦，老驴！"

"我常对自己说：假如我把全身弄得冰冷，大家知道后肯定都会不相信的。因为他们没有头脑，统统都没有。他们的脑袋里装的都是棉花套子，他们根本不用脑子。可是假如从现在把再连续下六个星期雪的话说出来，就该有人说了：'凌晨三点钟左右，老驴应该是不会再觉得热了。'这样一传开，大家就都会觉得很抱歉了。"

"哦，老驴！"克利斯多弗·罗宾说着，他此时已经觉得非常抱歉了。

"克利斯多弗·罗宾，我不是在说你，你跟其他人是不一样的。嗳，开门见山地告诉你吧，我在我的小树林旁，给自己盖了一座房子。"

"真的吗？多好玩呀！"

可是老驴却无限伤感地说："最戏剧性的是：今天早上我离开时它还在那儿，等我再回去时它却不见了，一点儿都看不见了。我一直都在纳闷。"

克利斯多弗·罗宾来不及琢磨，赶忙回到屋里，用最快的速度戴上雨帽，蹬上雨靴，穿上雨衣。

他大声对老驴说："我们马上去找。"

老驴继续说："当人们把一个人的屋子搬掉的时候，有时候还会留下一两块材料不要，宁愿让那人再拿回去……你明白我的意思吗？所以我想也许我们就去——"

"来吧!"克利斯多弗·罗宾说。

他俩走得很快,不一会儿工夫,就来到了松树林边的那个角落,就是老驴把自己屋子弄丢了的地方。

"你看!"老驴指着地上说,"一根木棍也没剩下!当然啰,我还有这么一大堆雪能用,也该满足了。"

然而,老驴的话克利斯多弗·罗宾一点也没听进去。他正在仔细听别的什么动静。

他问:"你有没有听到什么?"

"什么?是谁在笑吗?"

"你听啊!"

他们俩屏住呼吸一起听着……

他们听到两个声音在唱,一个低沉的声音唱"越下雪呀,雪越大呀……"

还有一个细微的高音唱着"嘀得儿哒"。

克利斯多弗·罗宾兴奋地说:"那是菩!"

"可能是吧。"老驴说。

"还有小猪!"克利斯多弗·罗宾更加兴奋了。

"大概是,"老驴无精打采地说道,"咱们现在需要的是一条经过训练的大猎狗。"

突然,歌词换了。

那低沉的声音唱道:"房子盖好啦!"

那又尖又细的声音唱:"嘀得儿哒!"

"多漂亮的房子呀!"

"嘀得儿哒……"

"如果是我的多好呀!"

"嘀得儿哒……"

"菩!"克利斯多弗·罗宾朝那边大喊大叫。

歌声突然停下来了。

"听！这是克利斯多弗·罗宾在叫我呢！"菩兴奋极了。

小猪也说："是啊！他就在咱们捡树枝的地方。"

菩兴奋地说："来啊！"

他俩从门上爬下来，急忙朝小树林的另外一个角落跑去。

菩欢天喜地，一边跑，一边没完没了地说着笑着。

菩高兴地紧紧拥抱过克利斯多弗·罗宾后，问："老驴怎么也在这儿。"

菩碰了一下小猪，小猪也碰了一下菩，他们都高兴地想，今天所碰到的这些事可真好玩啊！

菩接着跟老驴打招呼："哈罗，老驴。"

老驴伤心地说："啊，菩熊，我也问候你，星期四还要加倍问候。"

菩还没来得及问"为什么是星期四？"克利斯多弗·罗宾就在一旁解释说："老驴今天情绪很糟，因为它的房子不见了。"

菩和小猪都侧耳倾听。听着，听着，他们的眼睛瞪得愈发大了。

菩忙问："你说那房子在哪儿？"

老驴指着说："就在这儿。"

"是用树枝建造的吗？"

"不错。"

小猪说："哦！"

老驴不停地问："怎么了？"

小猪紧张地说："我只是说了声'哦！'……"然后他马上故作镇静，又把"嘀得儿哒"反复哼唱了一两遍。

"你能确定那是一座房子吗？"菩说，"我的意思是说，你能确定那座房子最初就在这儿吗？"

"我当然可以确定。"老驴说，然后自顾自地在那嘀咕，"他们中间有些人就是没长头脑！"

"怎么了？这到底是怎么一回事呀？菩？"克利斯多弗·罗宾问。

"啊，这个事情是……啊，事情是……你看……它是这样的……"菩吞吞吐吐地说着，好像觉得自己也讲不明白了，他只好又碰碰小猪。

小猪赶快补充道："事情是这样的，他仔细想了一下，又说，"就是温暖一点儿。"

"什么温暖一点儿？"

"就在森林的那边，老驴屋子所在的地方啊！"

"我的屋子？"老驴更加糊涂了，"我的屋子最初是在这儿的。"

"不对，"小猪勿庸置疑地说，"是在森林的那一头。"

"就是因为那里要温暖许多。"菩说。

"可是我应该知道——"

"那我们就去看看吧。"小猪干脆地说，于是就由他带路朝房子走去了。

"应该不可能有两所屋子的，"菩说，"不可能挨得那么近的。"

他们来到那个角落，发现老驴的屋子正乖乖地站在那儿，看上去很舒适的。

小猪说："就是这儿。"

菩也得意地说："房子的里外都一样好哦。"

老驴走进去，又走出来。

他激动地说："太棒了，这就是我的屋子，在我刚刚说过的那个地方，我就是盖了这间屋子。肯定是被风吹到这儿来了。风把它吹过森林，最后落在了这个地方。它居然跟原来一样，丝毫没有毁损。事实上，甚至有些地方比原来的还要好些！"

"是好多了。"菩和小猪不约而同地说。

老驴自豪地说："由此可见，凡事一定要舍得辛苦。菩和小猪，你们懂吗？一定要先用脑筋，然后再卖力气。你们看看这间屋子就知道了，盖房子就得要这样才行。"

就这样他们把老驴留在那个房子里。

克利斯多弗·罗宾和他的朋友菩和小猪，回家去吃午饭。

在路上，菩和小猪把他们帮助盖房子的经过告诉了克利斯多弗·罗宾，罗宾听了哈哈大笑，随后他们就一边走一边唱起那支"下雪天气"才会唱的室外歌谣。

小猪因为自己唱得实在不怎么样，还是照原先那样，光唱那几句"嘀得儿哒"。

小猪自言自语说："我知道唱这首歌好像很容易，但也并不是人人都能做到的啊。"

就这样，在大雪飘飞的天气中，几个小伙伴逐渐走远了。

小老虎吃早饭

在一个寂静的夜晚，小熊温尼·菩正在睡觉，忽然，它被一个声音惊醒，它竖起耳朵听着。接着，他爬下床，点着蜡烛，"噔噔噔"地穿过屋子，想看看是不是有人跑到他的食柜里偷蜂蜜吃。

跑到跟前看看并没有人，它又"噔噔噔"地跑回去，吹灭蜡烛，上床刚要睡觉，突然，他又听到了那个声音。

"是小猪吗？"他慌忙问着。

并没有小猪回答。

"是克利斯多弗·罗宾吗？请进来吧！"

也没见克利斯多弗·罗宾进来。

"是老驴吗？有事明天再说吧！"菩一边说着，一边不耐烦地直想睡觉。

可是那声音还在门外响着。

"呜噜呜噜呜噜呜噜呜噜……"也不知道是什么东西还在不住地说着什么。

菩被搅得再也睡不着了。

"到底是谁呀！"他想，"森林里虽然有不少动静，可这个声音真是有点特别。不是狼嗥，也不是猫叫，更不是狗吠，也不是在……动手……写……一首……诗……以前……那种……哼哼……吟诗……的声音，却仿佛是一种奇怪的动物发出来的声音！而且这声音现在就在我的门外！我必须起来阻止他别再乱嚷嚷了。"

他又离开床，轻轻地打开房门。

他猜想外面一定有什么人，于是他就喊了一声："哈罗！"

"哈罗！"不知道是什么东西也在回答。

"哈罗！"菩说，"哈罗！"

"哈罗！"

"哈罗！是你呀！"菩说，"哈罗！"

"哈罗！"那个"奇怪的动物"不停地回答着，菩心里非常纳闷，真不知道还要再说多少个"哈罗"。

菩正要说第四次"哈罗"时，转念一想，还是不说的好，于是他就改口说："你是谁呀？"

"是我！"那个声音说。

"是你！"菩说，"嗯，那进来吧。"

随后，那个陌生的家伙就走了进来。

借着微弱的烛光，他和菩彼此打量着。

"我是菩。"菩说。

"我是小老虎。"这个陌生的家伙说。

"老虎！"菩说。因为他从来都没有见过这样的动物，就问："克利斯多弗·罗宾认识你吗？"

"他肯定认识我呀。"小老虎得意地说。

"嗯，"菩说，"现在还是半夜，正适合睡觉。明天早晨，咱们早饭就吃蜂蜜。老虎们对蜂蜜感兴趣吗？"

"我们什么都爱吃。"小老虎高兴地说。

"那么，如果老虎们习惯在地上睡觉，我就回床上去睡了，"菩说，"明天早上再说吧，做个好梦！"说着他就回到了床上，倒头便睡。

第二天早上醒来，菩睁开眼就看见小老虎正坐在镜子前面不停地照他自己呢。

"哈罗！"菩向他打招呼说。

"哈罗！我发现这个人长得跟我没有什么分别，原来我还认为只有我自己才是这副样子呢。"小老虎指着镜中的自己说。

菩跳下床，开始向小老虎解释镜子是怎么回事。

当他刚说到好玩儿的地方时，小老虎忽然打断说："先别急，你的桌子上是个什么东西！"

他一边好奇地大声"呜噜呜噜呜噜呜噜呜噜"地叫着，一边跳到桌子的一头，用嘴把铺在桌上的台布一下子扯到了地上，然后又用台布把自己浑身上下一层又一层地裹了起来，一直滚到屋子的另一头。

他躺在地上使劲挣扎了一阵子，才从裹着的台布里露出了小脑袋。随后他开心地说："怎么样，我打赢了吧？"

菩摇摇头，走过去帮小老虎把裹着的台布打开，说："这是我的台布啊！"

"我不认识它是什么。"小老虎委屈地说。

"它是铺在桌子上面用来放东西的。"

"那它为什么想要趁我大意的时候咬我呢？"

"不，我想它不会的。"菩解释说。

"它想要那么干的，只是我动作快，它还没有来得及。"小老虎神气地说。

菩无奈地把台布重新铺在桌子上，拿出了一大罐蜂蜜放在台布上，菩邀请小老虎一起坐下来吃早饭。

刚一坐下，小老虎就忍不住吃了一大口蜂蜜。

一边吃着一边歪着脑袋看着天花板，舌头不停地"啧啧"直响，好像在回味着什么，然后又发出一种声音，仿佛在琢磨什么，然后又发出一种声音，就像是在问"这究竟是什么东西呀？"

最终他用非常确定的口气说："老虎们对蜂蜜不感兴趣。"

"唉！"菩故意以"悲哀"和"遗憾"的口气说，"我还以为你们对什么吃的都感兴趣呢！"

小老虎接着说："除了蜂蜜，我其他的东西都爱吃。"

菩心想：小老虎不爱吃蜂蜜更好，于是他就告诉他，等他吃过早饭，马上就带他去小猪家。这样，小老虎就可以品尝一下小猪家的松子了。

"太好了！谢谢你，菩，"小老虎说，"松子才是老虎们最喜欢吃的东西呢。"

于是等到早饭以后，他们一起去看望小猪。

在路上，菩告诉他，小猪是一个"小小动物"，不喜欢冒冒失失，他希望小老虎在第一次见面时注意一下，别太莽撞了。

可是淘气的小老虎却藏在树后面，趁菩没注意，突然跳出来站在菩的影子上，说："老虎们只是在早饭以前莽撞，只要他们吃了一些松子以后，就会马上变得文静起来了。"

不一会儿，他们就来到小猪的房前，他们敲了敲门。

小猪开了门高兴地说："你好，菩。"

"你好，小猪。这位是新朋友小老虎。"

"是吗？"小猪看着他，心里有点害怕，直向桌子的另一边倒退，嘴里说，"我还认为老虎应该比我再小一点儿呢。"

小老虎说："你说的是更小的老虎，而非大老虎。"

"老虎爱吃松子。"菩说，"小老虎一口早饭都还没吃，听说你有松子，所以我们就到你家来了。"

小猪把盛着松子的碗推向小老虎，说："你自己吃吧。"然后他又靠去菩的身边，这时他才感觉自己胆子大了一点儿。

小猪故意用一种无所谓的口气问："你就是小老虎吗？呃，呃！"可是小老虎却一言不发，因为此刻他的嘴里已经塞满了松子。

小老虎嘴里发出一阵大吃大嚼的声音，然后忍不住说："嗳——尔斯，噢，噎，啊——噢，尔斯。"

菩和小猪好奇地问："什么？"小老虎痛苦地说："斯古斯，噎。"没等他说完就跑出去了。

当小老虎再次回来的时候，他果断地说了句："老虎们对松子也不感兴趣。"

"可是是你说的，除了蜂蜜，你们什么都喜欢吃！"菩不解地问。

小老虎解释说："是的，什么都爱吃，唯独不爱吃蜂蜜和松子。"

菩听后就说："噢，我知道了。"

小猪听说老虎不爱吃松子，他心里更高兴，随口就问："那喜欢吃蒲公英吗?"

"蒲公英嘛,"小老虎想了想说,"这正是老虎最爱吃的东西。"

"那咱们就一起去拜访老驴吧。"小猪连忙说。

于是他们三个又向老驴家走去。

走呀,走呀,走了好久,来到森林里老驴住的那个地方。

"你好,老驴!"菩说,"这一位是我们的新朋友小老虎。"

"哪位是?"老驴问。

"这一位,"菩和小猪一起指着他,小老虎开心地笑了一下,没说什么。

老驴好奇地围绕着小老虎正转一圈,反转一圈,然后说:

"你方才说他叫什么名字来着?"

"小老虎。"

"啊!"老驴惊恐地说。

"他刚来这里不久。"小猪解释说。

老驴又"啊"了一声。

他站在原地想了好长时间,忍不住又问:"他什么时候离开啊?"

菩向老驴解释说:小老虎和克里斯多弗·罗宾是好朋友,他会在森林里长住下去的。

小猪转头向小老虎说:"老驴向来都是郁郁寡欢的,对他说的话不要放在心上。"

老驴对小猪说:"恰恰相反,今天早晨觉得很高兴。"

小老虎对所有的人说:"今天一丁点儿早饭都还没有吃过呢,肚子好饿啊!"

"我知道这儿有东西吃,"菩接着说,"老虎向来就是最喜欢吃蒲公英的,所以我们就一起看望你来了,老驴。"

"不要再说啦!菩。"

"哦,老驴,我的意思并不是说,平常不愿到你这来。"

"知道,知道。但是,你那位身上带花纹的新朋友呢,当然啰,他是要到这里吃早饭的。你刚才叫他什么?"

"小老虎。"

"那就过来这边吧。小老虎。"

老驴带着他们，来到一块儿蒲公英长得最多的地方，而后在上面踩了几蹄子。

"这一小块地原本是为我庆祝生日时留下来吃的，"老驴有些舍不得的说，"但，不管怎么说，生日又算什么呢？今天这样，明天那样。嗳，小老虎，你可以自己照顾自己，现在吃点儿吧。"

小老虎向老驴道谢，但还有些顾虑地望了望菩，并且对他低声说："蒲公英真的是这样子的吗？"

"是呀。"

"就是我们老虎喜欢吃的那种东西吗？"

"就是呀！"菩斩钉截铁地说。

"我知道了。"小老虎说。

于是他咬了一大口，"咯吱咯吱"地大声咀嚼起来。

"啊！"小老虎又叫了起来。

他扑通一声坐了下来，把爪子放进嘴里去。

"发生什么事了？"菩问。

"好辣呀！"小老虎口齿含糊不清地嘀咕着。

老驴对菩说："你的朋友像是被蜜蜂咬上了。"

小老虎终于停下了摇晃的脑袋，一股脑把蒲公英统统地吐出来，最后痛苦地说："老虎并不喜欢吃蒲公英！"

"那你怎么把不错的一支蒲公英弄断了？"老驴气愤地问。

"可是你还说，"菩说，"——你还说老虎什么都爱吃，除了蜂蜜和松子……"

小老虎坚定地说："还有除了蒲公英……"

他一边说这话，一边在地上转着圈，舌头还难过地耷拉在嘴外头。

菩看着他那副既可怜又难过的样子，心里挺不好受。

他问小猪："咱们该怎么帮他呢？"

小猪此刻早已想好了，他马上回答说："该去找克利斯多弗·罗宾。"

"他应该会在袋鼠妈妈的家里。"老驴说。

老驴这时靠近菩，说起了"悄悄话"："你带着你的朋友到其他地方去做操好吗？我现在要吃午饭了，我可不喜欢在我吃饭以前别人瞎捣乱。虽然事情不大，我也确实多嘴，可是我实在不想在他面前发脾气啊！"

菩很严肃地点点头，招呼小老虎："走，我带你去拜访袋鼠妈妈，她准会给你做好多可心的早饭吃的。"

小老虎转完最后一圈，听见菩招呼他，就高兴地来到菩和小猪跟前。

"好辣！"他满脸笑容地说，"走吧！"接着匆匆忙忙往前跑去。

菩和小猪慢慢地跟在他后面。

一路上，小猪一言不发，因为他不知道接下来会发生什么事。

此刻菩也不说话，他正琢磨着一首新诗。

他一琢磨好，就马上开始唱起来：

> 可怜的小老虎怎么好！
> 不吃东西长不高。
> 蒲公英他嫌有刺，
> 还嫌蜜糖、松子味不妙。
> 动物们爱吃的好东西，
> 他觉得全都没味道。

"不用理它，"小猪有些不耐烦地说，"反正他已经不是小孩子了。"

"他还不算大。"

"嗯，差不多。"

菩听了这些话，又想了想，随后又编出两句自己喃喃地念道：

> 甭管他体重有多少，
> 总显得块儿大，个儿高。

菩把自己新做的诗念叨完，就迫不及待地对小猪说："小猪，我这首诗已经作完了，你觉得怎么样？"

小猪说："嗯，大部分还可以，就是'块儿大，个儿高'的语言不够精致。"

"说到体重，自然论块儿大小，个儿高矮，"菩耐心地解释说，"这样挺好的，写诗就得如此，自然一点嘛！"

"噢，我可不懂你那一套理论。"小猪说。

小老虎始终在他们的前头兴奋地蹦蹦跳跳，时不时还回过头来问一句："这样走对吗？"

不一会儿，袋鼠妈妈的房子终于进入了他们的视线，克利斯多弗·罗宾果然也在那里。

小老虎看见罗宾赶忙跑上前去。

"哦！是你呀！小老虎。"克利斯多弗·罗宾说，"我知道你肯定在某个地方待着呢！"

"是的，我一直在森林里找吃的东西，"小老虎郑重其事地说，"我找到了一个菩，还遇到了一个小猪，还找到了一个老驴。然而，我的早饭就是没找到。"

菩和小猪也走上前，拥抱着克利斯多弗·罗宾，同时和他讲了事情的来龙去脉。菩问："你知道小老虎喜欢吃什么吗？"

"假如我使劲想，也许我会知道，"克利斯多弗·罗宾说，"但是，我想小老虎他自己是知道的。"

"我当然知道喽。"小老虎说，"世界上没有什么东西是我不爱吃的，就是除了蜂蜜，还有松子，还有——那些辣东西，那些辣的东西叫什么来着？"

"蒲公英。"

"对，就是那些东西。"

"哦，好啦，袋鼠妈妈可以为你准备一顿丰盛的早饭。"

于是他们走进袋鼠妈妈的屋里。

小袋鼠也趁这机会向他们打招呼："你好，菩""你好，小猪"，问了两次"你好，小老虎"，因为他从来也没有说过这些话。所以小袋鼠说话的腔调，听起来非常滑稽（jī）。

大家告诉袋鼠妈妈他们来这里的原因后，袋鼠妈妈和蔼地说："好啊，到我的食橱里瞧瞧吧，小老虎乖乖，你喜欢吃什么呀？"袋鼠妈妈一眼就看出：小老虎虽然块头很大，可是他跟小袋鼠一样还是个小孩子，是需要耐心呵护的。

"我也能一起瞧瞧吗？"这时菩也问道。因为他觉得快到十一点钟了，肚子有点饿了。他看见食橱里有一小罐炼乳，但他好像听说小老虎对炼乳并不感兴趣，于是就独自把罐炼乳拿到一个僻静的角落里，免得被人搅乱。

此时，小老虎好奇地用鼻子嗅嗅这个，用爪子动动那个，最后他发现，这些东西他都不感兴趣。

当他把食橱里所有的东西都翻了个遍，弄清楚没有一样喜欢吃的时候，他无助地对袋鼠妈妈说："我现在该怎么办呢？"

正在这时，袋鼠妈妈正在跟克利斯多弗·罗宾以及小猪一起，围在小袋鼠身边看着他喝麦乳精。而小袋鼠正问着妈妈："我一定要喝吗？"

袋鼠妈妈亲切地说："小袋鼠乖乖，不记得你答应我的话了？"

"他喝的那是什么呀？"小老虎好奇地小声问小猪。

小猪说："保健药，他可不喜欢喝了。"

于是小老虎走近了一点儿，靠近小袋鼠坐的那把椅子，探出头，趁人没注意伸出舌头舔了一大口，甚至把羹匙含到了嘴里。

袋鼠妈妈吓了一跳，"噢"地喊了一声，急忙抓住羹（gēng）匙，把它从小老虎嘴里拽了出来，要不然就被他吞下去了。可是，羹匙里的麦乳精却被小老虎吃了个精光。

袋鼠妈妈说："小老虎乖乖！"

小袋鼠却觉得这实在太有趣了，他开心地直叫："太好玩了！他把我的药吃了，他把我的药吃了，他把我的药吃了！"

小老虎一边瞧着天花板，闭上了眼，舌头一边在嘴边转圈舔着，唯恐错过了什么，接着他眉开眼笑地说："小老虎爱吃的东西就是这个！"

从那以后，小老虎就经常到袋鼠妈妈家里坐客，早饭、午饭、晚饭都吃麦乳精。

有时候，当袋鼠妈妈认为他需要再滋补一下时，就在饭后把小袋鼠的早饭分给他一两匙，当作药来吃。

小猪看着越来越壮的小老虎，笑着对菩说："我的上帝啊，小老虎现在越来越壮了。"

小猪在陷阱里

就在某一个空闲的时间，小熊温尼·菩闲来无事，就坐在家里数他的蜂蜜罐子，忽然听到门口有人敲门。

"十四，"菩说，"请进。十四。数到十五了吧？坏了，把我脑子弄乱了！"

兔子走进屋里，说："你好！菩。"

"你好！兔子。十四，对吗？"

"什么？"

"我正在数着蜂蜜罐子。"

"十四，对了。"

"你真的确定没错吗？"

"还不敢说，"兔子说，"这有什么关系呢？"

"我只是想知道一下，"菩谦逊地说，"这样我就能告诉自己：'我还有十四罐蜂蜜。'可能是十五罐。那样我就放心了。"

"唔，我们也不妨说它是十六罐，"兔子说，"我来这里要问的是：你有没有见过小不点儿？"

"没看见，"菩说。想了一下，又问："小不点儿是谁？"

兔子心不在焉地回答："我的一个亲戚朋友。"

这个回答根本没有解除菩的疑问，因为兔子有好多的亲戚朋友，不但各种各样，而且大小都不相同，以致于菩都搞不明白是该到橡树顶上找呢，还是到金盏花丛里去找。

菩回答说："我今天还没见到其他人呢，没法跟人家打招呼说'哈罗，小不点儿！'你找他有什么事吗？"

"我找他并没有什么事，"兔子继续说，"可是无论有没有事，知道有一个朋友在哪儿总是好的。"

"哦，我知道了，"菩说，"你是找不着他了吧？"

"不错，"兔子说，"已经有很久没有见着他了，所以我才觉得他是找不着了。不管怎样我都要找到他，"他很严肃地说，"我答应了克利斯多弗·罗宾，我要成立一支搜索队去四处找找，咱们这就走吧！"

菩恋恋不舍地跟他那十四罐蜂蜜告了别，他多么希望它们是十五罐呀？然后，他和兔子一起走进了森林深处。

此时兔子说："现在就是第一次搜索。因为这次搜索是我来组织的——"

"你什么的？"菩不解地问。

"我组织的。那个意思就是说——嗯，那就是说搜索的时候，你们不能同时在同一个地方找。所以我决定你——菩，你先到'六棵松'附近去找，然后你再朝猫头鹰住的方向走，到那儿找我，你明白了吗？"

"不明白，"菩更加糊涂了，"你说的……是什么意思？"

"那么，干脆，咱们一个钟头以后，在猫头鹰家见面吧！"

"小猪也'组织'了吗？"

"是的，我们都组织了。"兔子说完就朝另一个方向走去。

兔子不一会儿就走没了影，菩这才想起忘了问明白小不点儿究竟是谁？是待在别人鼻尖儿上面的那一位？还是被人误踩在脚底下的那一位？

他想现在再问兔子已经来不及了，干脆先问小猪吧。在开始寻找以前，最好先问清楚找什么。

"不对呀，"菩自言自语："找小猪不能到'六棵松'去找，因为他已经被'组织'到另外一个地方去了。所以，我得先找到那个'特别的地方'。可我不知道它到底在哪儿呀！"这时，在他脑海里浮现出了这样一张表：

找东西的顺序：

1. 特别地方（找小猪）
2. 小猪（问谁是"小不点儿"）
3. 小不点儿（找小不点儿）
4. 兔子（告诉他找到了小不点儿）
5. 再找小不点儿（告诉他找到了兔子）

"看来今天确实够麻烦的！"菩一边迈着笨重的脚步，一边这样想着。

接下来，麻烦当真来了。

由于菩走得太匆忙了，根本没注意看脚底下，忽然在森林里一脚迈错，踩在……

他已经来不及想到底踩在了什么地方，只是觉得我现在像猫头鹰一样飞起来了，可怎么停下来啊？

"嘣噗！"一声他终于停了下来。

"啊！"接着有个不知是什么的声音尖叫了一声。

"这可太有趣了，"菩想，"我怎么还没张嘴就出声了呢"

"救命呀！"有一个小小的但却高高的声音在喊。

"这是我的声音吗，"菩想，"难道是我出了事，掉到了井里，但我还没准备好，就发出了'救命'的声音，而且声音那么尖细，是不是因为我自己身体里出了毛病了？糟糕！"

"救命呀——救命！"

"你瞧，我连说什么都无法控制了，可见我出的问题还不小呢。"接着他又胡思乱想起来，如果真的用劲说，也许就发不出声音来了。

于是他试着大声说："菩熊倒大霉了！"

"菩！"这时那个尖细的声音又说话了。

"啊！原来是小猪！"菩听到小猪的声，急切地问道，"你在哪儿？"

"在下面。"小猪用被挤压的声音回答道。

"什么下面？"

"在你下面，"小猪急切地尖声说，"起来啊！"

"哦！"菩慌忙从地上爬起来，看见压在他身子下面的小猪，"我是不是砸到你了？小猪。"

"你是砸着我了。"小猪一边说着一边把自己浑身上下揉捏了一遍。

"我真不是存心的呀。"菩有点难过地说。

"我也不是存心让你砸的啊，"小猪委屈地说，"不过我现在没事了。菩，我倒挺开心这是被你砸的。"

"今天到底是怎么回事呢？"菩说，"咱们这是在哪儿呀？"

"我想咱们都掉在一个深坑里了。我本来是在路上走着找人的，忽然我就走不动了。我刚要站起来弄明白我是在哪儿，就突然从天下掉下来什么东西砸在我的身上了，原来就是你！"

"一点没错。"菩难为情地说。

"对，"小猪说，"菩！"他表情很严肃地凑近菩，不安地问道："你说咱们是不是掉在一个陷阱里了？"

菩开始根本没有想到这一点，但是现在他也认同地点头同意了。因为他忽然想起来，他曾经和小猪一起，挖了一个"捉大象"的"菩陷阱"。

此时，他对眼前究竟发生了什么已经彻底明白了：原来是他和小猪一起掉进了这个"捉大象"的"菩陷阱"里头了。事情就是这样！

小猪得知这个消息，身上害怕得直哆嗦，他不安地问："如果大象来了怎么办？"

"或许他根本就看不见你，小猪，"菩给他壮胆，安慰他说，"因为你的个头太小了。"

"可是他是能看见你的啊，菩。"

"是啊，他会看到我，我也能看到他，"菩思索着说，"而且我们会互相看好长时间，然后他就会'嗬—嗬！'地叫。"

小猪一想到"嗬—嗬"的声音，就吓得有点发抖，连耳朵也不由自主地抽动起来。他问："那你，你，你又能对他说什么呢？"

菩竭力去想该怎么说，然而他越想，就越觉得对大象那种"嗬—嗬"的叫声，实在不知道回答什么。

最后，菩说："我什么也不想说了，我只需要自己哼唱点什么，让他以为我是在等谁。"

小猪焦虑万分地问道："那么他或许又要'嘀—嘀'地叫了？"

"他会的。"菩故作镇静地说。

小猪的耳朵因为紧张而抽动得越来越厉害，以致于他不得不把头抵在陷阱的墙壁上，让耳朵贴在墙上，这才不再继续抽动，保持暂时的平静。

"如果他再叫，"菩说，"那我就接着哼唱。这么做就会搅得他心神不宁了。因为如果你是不怀好意地'嘀—嘀'叫两遍，而人家自顾自地哼唱，不理会你，你在开始叫第三遍时，突然发现，发现，嗯，发现——"

"发现什么？"

"发现怪没——"菩吞吞吐吐地说。

"怪没什么？"

菩虽然心里明白，但是，因为他是一个"笨头笨脑"的小熊，实在想不出什么恰当的词来。

"嗯，怪没——"他又着急地重复了一遍。

"你是想说总是'嘀—嘀'地叫，怪没意思吧？"小猪这样猜着，希望自己能够猜对。

菩真的很佩服小猪，因为他正好把自己想说的话替自己说出来了。

如果你始终不停地哼唱，他总不能老是'嘀—嘀'地叫个不停吧！

"可是他也许会再说些别的什么话的。"小猪说。

"没错。他也许会说：'这是怎么回事儿？'我就会说：'这是我挖的专门捉大象的陷阱，我正等着大象自己往里掉呢！'然后我就接着哼唱。那样他就会被搅得心神不安了。"

"菩！"小猪高兴地大声叫着，这回该轮到他佩服小熊了，"你救了咱们啦！"

"是真的吗？"菩不以为然地说。

小猪很肯定地点点头，这时他脑子开始活跃起来，展开了无限的想像。

他想像到一个画面：菩和大象正在互相对话的情景。但他忽然又觉得有点遗憾，尽管他非常喜欢菩，他还是觉得，如果这时不是菩，而是换成他自己在跟大象热烈地互相对话，那该有多好啊！因为他的确比菩的头脑聪明多了。如果这样的话，那么对话就会变得更顺畅更好一些。而且，等到事后在某个傍晚再回忆起来时，当时他竟敢跟大象顶嘴，就像他眼里从来没有大象一样，那心里该有多么得意呀！

现在看起来这些都不是太难了，因为该说什么话，他已经非常清楚。他想像当时的情景是这样的：

大象（不怀好意地）：嗬—嗬！

小猪（满不在乎地）：喳——啦——啦，喳——啦——啦！

大象（惊奇而犹疑地）：嗬—嗬！

小猪（仍然而且更加不在乎地）：嘀得儿嘟——喤！嘀得儿——嘟——喤！

大象（刚要嗬—嗬叫，又笨拙地改成了一声咳嗽）：咳——这是怎么回事儿？

小猪（吃惊地）：哈罗！这是我搞的一个陷阱，我正等着一个大象掉进去呢。

大象（大失所望）：哦！（沉默一阵子以后）：这是真的吗？

小猪：是真的。

大象：哦！（神情紧张地）：我——我还以为这是我搞的一个抓小猪的陷阱呢。

小猪（吃惊地）：哦，不对，不对！

大象：哦！（抱歉地）我——我准是搞错了。

小猪：恐怕是错了。（礼貌地）我很抱歉（继续哼唱）。

大象：嗯——嗯——我——嗯，我想我还是回去吧？

小猪（满不在乎地仰脸往上看）：你一定要走么？好吧，假如你在哪儿见到克利斯多弗·罗宾，就请转告他说我找他。

大象（很想讨好）：一定！一定！（他匆忙地走开了。）

菩（他本来不该在这儿，可是没他又不行）：哦，小猪，你真聪明、真勇敢啊！

小猪（谦虚地）：这没什么，菩。（这样一来，当克利斯多弗·罗宾来到时，菩就可以把全部情况讲给他听了。)

正当小猪做他的美梦的同时，菩却在琢磨家里的蜂蜜到底是十四罐还是十五罐，而此时，森林中搜索"小不点儿"的工作还在继续进行着。

"小不点儿"的真实姓名叫"非常小的甲虫"，简称"小不点儿"。但是，平时却很少有人谈起他。

小不点曾和克利斯多弗·罗宾在一起待了几分钟。后来他还围着黄花丛林做了好几圈体操，但是，因为他没有从原先的方向转过来，而是朝其他方向去了，所以谁也弄不清他现在到底在哪儿。

"我希望他已经到家了。"克利斯多弗·罗宾对兔子说。

"他没跟你说'再见'或"多谢"什么话吗？"兔子担心地问。

"他只问了一声'你好'！"克利斯多弗·罗宾说。

"哈！"兔子寻思了一会儿说，"他有没有给你写过一封信，里面说他和你一起玩得多开心，但却对他走得那么突然而表示抱歉吗？"

克利斯多弗·罗宾摇摇头，说没有。

兔子又重重地"哈"了一声，然后表情凝重地说："这下可严重了，小不点一定是迷路了。咱们得马上把他找到才好。"

克利斯多弗·罗宾这时想起了别的事情。他随即问道："菩在哪儿？"可这时兔子却已经走开了。

他走进屋里，画了一张菩在早晨七点钟散步的图画，然后他爬到高高的树顶上，接着又爬下来，他不停地琢磨菩现在在干什么，随后他决定穿过森林去找菩。

罗宾在森林里走了没多久，就来到了沙坑边上，往下一看，居然看见菩和小猪都在里面，背朝着他，正做着各自的美梦呢。

克利斯多弗·罗宾惊喜地大声叫："嗨—嗨！"

小猪听见叫声又惊又怕，一蹦足有半尺高，可是菩却照样做着他的美梦。

小猪紧张地想："准是大象来了！现在，该看我的了！"

他故作镇静地先在嗓子眼儿里小声哼唱一下，以免让对方听出磕磕巴巴的声音，虽然说的不顺当，但他却作出轻松的样子说："喳—啦—啦，喳—啦—啦!"仿佛是临时想到的歌词。

仅管如此,他都没敢扭过头看,因为他害怕等到扭过头看时,就会看见一只非常凶猛的大象往下看他,这样他也许就会因为害怕而把该说的话忘掉了。

"嘟—噔——噔——嘀得儿—嘟。"克利斯多弗·罗宾模仿着像菩一样的声音说。因为菩曾经发明过一首歌,歌词是:

> 喳—啦—啦,喳—啦—啦,
> 喳—啦—啦,喳—啦—啦,
> 嘟—噔—噔—嘀得儿—嘟。

因此,每当克利斯多弗·罗宾在唱这首歌时,总是喜欢模仿菩的声音来唱,好像只有他的声音才是最适合的。

"他唱错了,"小猪此时却认为陷阱上面的"大象"唱错了,"他本来应该再唱一句'嘀—嘀'才对的。也许,我替他叫一声才好。"于是,他使尽全身力气气势汹汹地叫了一声"嘀—嘀"!

"你怎么跑到那里面去了,小猪?"克里斯多弗·罗宾用他本来的口音好奇地问。

小猪想:"太可怕了,这个'大象'居然先模仿菩的声音,然后又用克利斯多弗·罗宾的声音说话,他这样做就是想把我弄得心神不安啊!"

此时他已经被问得心神不安了,所以用又尖的声音说:"这是个捉菩的陷阱,我正等着他往里掉呢,'嘀——嘀',这是怎么了,我又说起'嘀——嘀'来了。"此时小猪已经有些语无伦次了。

克利斯多弗·罗宾不解地问:"你说什么呀?"

"捉'嘀嘀'的陷阱啊,"小猪声音紧张而沙哑地说,"是我刚挖的,我正等着'嘀——嘀'来,来,来呢。"

也不知道小猪这样颠三倒四地说了有多长时间,菩忽然被吵醒了,在他的美梦里已经肯定了是十六罐蜜。

于是他迷糊糊地站了起来,他感觉背后正中间不知是什么东西弄得他

怪痒痒的，当他转过头来想挠痒痒时，抬头正好看见了克利斯多弗·
罗宾。

他高兴地喊叫："哈罗！"

"哈罗，菩！"

小猪向上瞧了瞧，又向别处望望，当他看到罗宾时他觉得自己刚才真
蠢，心里别提多别扭了，羞愧得差点儿想到海上当水手去呢。

正在这时，他忽然看到了什么东西，"菩！"他大声叫着，"你背上有
个什么东西在爬呀？"

"我也觉得好像是有个东西，弄得我痒痒的。"菩说。

小猪惊奇地叫喊："原来是'小不点儿'啊！"

"真的是它吗？"菩忙问。

"克利斯多弗·罗宾，我找着'小不点儿'了！"小猪高兴地一边拍
手一边大声喊着。

"好极了！小猪。"克利斯多弗·罗宾称赞道。

听到了这些鼓励的话，小猪又高兴起来，把刚才决定当水手的事早已
抛到脑后了。

随后克利斯多弗·罗宾把他们从沙坑里一个个救出来，他们手拉手一
起回家去了。

过了两天，兔子在森林里又碰巧遇上老驴。

"你好，老驴，"他问，"你在找什么？"

"还用问？当然是找'小不点儿'了，"老驴不耐烦地说，"你到底还
有一点儿脑子没有啊？"

"哦，可是我不是已经告诉你了吗？"兔子委屈地说，"小不点儿在两
天前就已经找到了。"

一阵沉默过后，老驴这才苦笑着说："哈哈！怪不得你们那么兴高采
烈呢，看来我正在白废力气呢。那还说什么呢，走了，兔子，找他们去，
我们一起去玩吧！"

小老虎爬树

这是一个非常好的天气，小熊菩不知道自己该干点什么。他想到该去看看老驴了，因为他已经一整天没看见老驴了。

于是他起身自哼自唱，路过丛林向老驴家走去。

忽然他又想起来已经有两天没见猫头鹰了，不如先顺路到"百亩林"，看看猫头鹰在不在家。他继续唱着，来到了小溪中有踏脚石的地方。

当他刚踏上第三块石头的时候，他又开始琢磨起袋鼠妈妈、小袋鼠和小老虎他们，不知他们最近过得好吗？因为他们都住在森林的另一块地方。他想着："我已经好久没有见过小袋鼠了，如果今天再见不到他，就会又拖更长的时间。"

于是他就坐在小溪当中的石头上，一面唱着另一首歌，一边同时考虑到底该怎么办？

这另一首歌的歌词大致如下：

> 花一个快活的早晨
> 自在自在，
> 花一个快活的早晨
> 看望小袋鼠，
> 即便因此而消瘦
> （就是真的瘦了），
> 我也满不在乎。

大阳暖洋洋地照在身上，使人心里有说不出的愉悦。石头安静地躺在阳光下晒了很长时间，浑身也都暖乎乎的。

菩上午都想在这小溪流中待着不出来了，无拘无束地玩一个上午。但这个时候他却又想起了兔子。

于是，他又哼唱起了另外一段歌词：

> 啊，我爱，
> 我爱跟他一起谈话，
> 啊，一问一答，
> 两人对谈最好啦！
> 跟兔子一起随便吃吃，
> 成了习惯也甭害怕，
> 对菩来说，
> 这样的习惯可太好啦！

他把这首歌儿唱完，就从石头上一跃站了起来，转身从小溪趟过去，朝兔子家走去。

然而，没走多远，他又自言自语道："对了，如果兔子不在家可怎么办？"

"难道我又要像上回一样，从他们家前门出去的时候，因为前门太小了，把我卡在门里进退两难吗？这一回我可不希望那样了！"

"虽然我现在没再发胖，但是万一他家的前门变窄了呢。"

"因此，倒不如……"

他这样自顾自说着，不知不觉地又朝西走去。没多会儿，他就忽然发现自己又回到自己家的门前来了。这时候已经到十一点钟了。该吃午饭了。

又过了半个钟头，他才做了他真正想做的决定，于是他踢踢踏踏地朝小猪家走去。

一路上，一边不住地用爪背儿擦嘴，一边唱着一首相当别致的歌，歌词是这样的：

> 花一个快活的早晨

看望小猪——这还可以,

花一个快活的早晨

见不到小猪——这可不行!

如果见不到猫头鹰

老驴

或别人

——这似乎没什么;

因为我并没打算看猫头鹰

老驴

或别人

也没打算看克利斯多弗·罗宾。

　　也许在别人看来像上面这首歌,写得似乎并不出色,但是,它可是在一个晴朗的早上十一点半钟的时候,由一个浑身长满淡褐色毛毛的熊编出来的呀。而对于菩来说,他觉得这还是他编的最得意的一首呢。

　　他继续得意地唱下去,不知不觉地来到了小猪家门口。此时,小猪正在他房子外面的地上挖着一个小洞。

　　"你好,小猪。"菩打招呼说。

　　"你好,菩,"小猪被突如其来的问候吓了一跳,"我就知道是你。"

　　"我也知道是你,"菩说,"你在做什么呢?"

　　"我在种一颗松子。菩,它会长成一棵大树。这样,以后一出门就会有好多松子吃,再也用不着跑到好远好远的地方去采了。你明白吗?菩。"

　　"如果长不成呢?"菩不解地问。

　　"会长成的。因为克利斯多弗·罗宾说过,它一定会长成的,所以我才种它呢。"

　　"那好,"菩说,"假如我在我家门外,种一个蜂巢下去,它就会长成一个大蜂房了。"

　　小猪不太相信能有这事。

"要不就把一小片蜂巢种下去，"菩补充说，"这样就不致于太浪费了。就怕我只能搞到一小片，而这一小片又不理想，如果里面的蜜蜂只会嗡嗡叫，而不会酿蜂蜜，那可就糟了。"

小猪也认为，如果是那样就太糟了。他说："还有，菩，你还不懂得种树的方法，种树可不简单。"说着，他把那颗松子放进挖好的洞里，用土盖上，然后又在上面不住地跳了又跳。

"我当然懂了，"菩说，"克利斯多弗·罗宾给过我一颗'玛斯特沙拉'种子，我曾经种过它。我要把门前都种上'玛斯特沙拉'呢。"

小猪一边跳着，一边小心翼翼地说，"该叫'纳斯它提亚'吧?"

"不，"菩说，"不这样叫，就是叫'玛斯特沙拉'。"

等小猪跳完以后，在胸前擦了擦前蹄，向菩说："咱们现在该干什么了?"

菩说："咱们去看袋鼠妈妈和小袋鼠吧。"

小猪说："对，对，咱，咱们走吧!"

小猪说话有些结结巴巴，是因为他心里对小老虎还有点儿害怕。在他看来，小老虎是非常"莽撞的动物"，他总是用那么一种让人接受不了的怪办法向人问好，然后再把人撞倒，弄得人家耳朵里灌满了沙子。

尽管这样想，他们还是一起到袋鼠妈妈家去了。

那天早上碰巧袋鼠妈妈特别忙碌，她正打算整理家中的杂物和衣物，比如像小袋鼠的汗衫啦，还剩下几块肥皂啦……

她给小袋鼠和小老虎一人做了一包三明治，早早就把他们打发到森林中让他们去玩个痛快，免得在家里给她瞎捣乱。

这会儿他们正在森林里玩呢。

一路上，小老虎给小袋鼠讲了很多老虎们经常会干的事，因为小袋鼠非常想知道。

"老虎会飞吗?"小袋鼠问。

"会呀，"小老虎说，"他们都是非常棒的飞行家呢! 每只老虎都会的。他们都是特棒的飞行家!"

"哇!"小袋鼠羡慕地说，"他们能飞得像猫头鹰一样好吗?"

"当然啦，"小老虎神气地回答说，"只是他们不愿意飞就是了。"

"他们为什么不愿意飞呢？"

"嗯，我不知道，反正他们就是不喜欢。"

小袋鼠有些搞不清楚这是怎么回事。他觉得会飞真是一件有意思的事。可是小老虎却没办法对老虎以外的人说清楚，"嗯，"小袋鼠又问，"他们能像袋鼠那样跳那么远吗？"

"当然啦，"小老虎说，"那要看他们是不是想跳才行。"

小袋鼠说："我非常喜欢跳，来，我们比赛一下看看谁跳得远，是你还是我？"

"我当然会跳，"小老虎满不在乎地说，"不过咱们现在不能停下来，否则就会迟到了。"

"迟到？我们要去哪儿？"

"就是咱们应当准时赶到的那个地方呀！"小老虎含糊地说着，继续匆匆忙忙往前赶。

不会一儿，他们来到了"六棵松"。

小袋鼠又说："我会游泳。有一回我掉进河里，没想到非常顺畅地就游起泳来。老虎会游泳吗？"

"当然了！老虎什么都会！"

"他们会爬树吗？比菩爬得好吗？"小袋鼠一边说着，一边走到最高的那棵松树下面停下，朝树上望着。

"他们最擅长爬树了，"小老虎说，"比菩那些人不知强多少倍呢。"

"这一棵能爬吗？"

"这样的树他们经常爬，"小老虎满不在乎地说，"而且还是整天上上下下地爬呢。"

"小老虎，你说的是真的吗？"

"我这就爬给你看，"小老虎勇敢地说，"你还可以坐在我的背上看我爬。"

一时间，小老虎意识到他刚刚说过老虎能干的所有的事情当中，爬树是他最拿手的了。

"小老虎——，小老虎——，小老虎！"小袋鼠兴奋地尖着嗓子叫他，接着他就迫不及待地骑在老虎背上，一齐往树上爬。

刚爬到十英尺，小老虎开心地对小袋鼠说："咱们一起往上爬喽！"

紧接着又是十英尺，他神气地说："我早就告诉过你们，老虎会爬树嘛！"

再后来的十英尺，他又说："告诉你，爬树可真不是件容易事。"

再后来的十英尺，他还说："当然了，一会儿还得爬下来呢，我们往回爬吧！"

然后他又说："往回爬会更困难……"

"除非是掉……"

"那时候就会……"

"省事了。"

他刚说到"省事"这两个字的时候，他们站的那个树枝突然折断了。

正当他要往下掉的时候，恰好一把抓住了上面的一个树枝……然后他慢慢地把下巴颏（kē）抵在树枝上……接着又把一只后爪踩上来……最后又把另一只后爪踩上来……直到最后他才把整个身子坐在树枝上面。

他大口地喘着粗气，真后悔说了大话，还不如早一点儿去游泳呢。

小袋鼠也从他背上爬下来，挨着他坐了下来。

"小老虎，"他激动地说，"咱们爬到顶了吗？"

"没有。"小老虎垂头丧气地说。

"咱们还往顶上爬吗？"

"不爬了。"小老虎脸有些红了。

"啊！"小袋鼠挺失望地答道。接着他又抱着一线希望说："刚才那一下子真惊险，怪好玩的，你假装咱们要摔到底下去了，但是咱们并没有摔下去，对吧？我们再来一次好吗？"

"绝不！"小老虎大声说。

小袋鼠一言不发地在一旁待了一小会儿，又问道："小老虎，咱们现在吃三明治吧？"

小老虎说："好吧，三明治在哪儿放着呢？"

小袋鼠指了指下面说:"在树底下。"

小老虎说:"那咱们最好还是先别吃啦。"因为小老虎再也不敢冒险下去了,只好忍着饿坐在那里。

过了不久,菩和小猪路过这里。菩正跟小猪用唱歌的音调对话呢。

只听菩说,胖不胖没关系,和过去的情况相比,胖得并不明显;而小猪呢,此时正琢磨着他的松子树要等多久才能发芽。

"看哪!菩!"小猪突然指着头上说,"有个什么东西在那棵松树上!"

"是有个东西!"菩一边说着一边仰头看,"好像有一个动物吧!"

小猪慌忙拽着菩的胳膊,免得菩害怕。

小猪说:"会不会是一种猛兽啊?"说着,他紧张地朝四周张望着。

菩点点头,"是一只大猛虎。"他认同地说。

"大猛虎会干什么?"小猪不安地问。但愿他们现在什么也不会干。

"他们正藏在树枝里,等你一走到树底下,他就会往你身上扑下来,"菩说,"这是克利斯多弗·罗宾告诉我的。"

"菩,咱们最好别到那棵树下面去了,以免他摔下来,摔伤他自己。"

"他们才不会把自己伤到呢,"菩说,"他们都是'空降能手'呢。"

小猪始终认为待在一位"空降能手"下面不是件好事,于是他准备赶回家去,取那件落在家里的东西。

这时,只听见那个"大猛虎"冲他们喊起来。他喊着:"救命啊!救命啊!"

菩说:"大猛虎就喜欢这样声东击西,他们嘴里喊着'救命啊!救命啊!'然后趁你向上看的时候,他们就向你扑过来!"他正说得饶有趣味。

小猪对着上面大声喊:"我在往下瞧呢!"他这样喊,为的是使"大猛虎"不要扑到他而干出错事来。

那个在"大猛虎"身边的什么东西,当听到小猪说话后,就异常激动地尖声大叫:"菩和小猪!菩和小猪!"

此刻,小猪觉得天气突然比他刚才想像的好多了,既暖和,又充满了阳光——他大声喊道:"菩!我相信那上面是小老虎和小袋鼠!"

"真是他们！"菩高兴地说，"我还以为是两只大猛虎呢！"

"哈罗！小袋鼠！"小猪喊，"你们在上面干嘛呢？"

"我们下不去了，我们下不去了！"小袋鼠焦急地喊着，"好玩吗？菩，好玩吗？小老虎跟我打算在树上过日子呢，就像猫头鹰一样，我们要在树上永远地待下去了。这树上我能看得见小猪的房子。小猪，你知道吗？我从这儿真能看见你的房子呢。你看我们现在高吗？猫头鹰的房子有我们这么高吗？"

"你是怎么跑到那上面去的？小袋鼠。"小猪问。

"骑在小老虎的背上爬上来的呀！因为小老虎的尾巴是向下长着的，所以只能往上爬，不能往下爬。可是小老虎却忘了这件事就爬上来了，他是刚刚才记起来的。这样一来，我们只好永远待在这儿了，要不然，就只能再往上爬。小老虎，你说什么呢？哦，小老虎说如果我们再往上爬的话，我们就看不清楚小猪的房子了，所以我们只好停在这里。"

菩听了小袋鼠的话以后，正儿八经地说："小猪，咱们该怎么办呢？"

这时他看到了三明治，于是他就坐在那里，吃起小老虎的三明治来。

小猪着急地问："他们总是待在那儿，不能动了吗？"

菩点点头。

"你能爬到他们那儿去吗？"

"我可以，小猪，我还能把小袋鼠顺便背下来，但是我没办法把小老虎也带下来。所以咱们还是要想办法。"而后，他就做出一副思考的样子，随后又开始吃小袋鼠的三明治。

在他把最后一块三明治吃完之前，什么办法都没有想出来。

可是在他正要吃最后一块的时候，草丛里传出一阵响动，原来是克利斯多弗·罗宾跟老驴一起散步，朝这边走了过来。

老驴对罗宾说："就是明天下再多冰雹，刮再大风雪，我都不在乎。其实今天天气晴朗，也没多大意思。不管什么天气，那都没，没什么，嗳，真的没什么。这只是小局部的天气罢了，仅此而已。"

"菩在这儿呢！"克利斯多弗·罗宾高兴地说，他才不管明天天气怎么样呢，只要能在外面玩就行啦，"你好！菩！"

　　小猪说："是克利斯多弗·罗宾来了，他肯定会有办法的。"

　　他们急忙朝罗宾走过去。

　　"哦，克利斯多弗·罗宾……"菩说。

　　"还有老驴呢。"老驴没等他说完。

　　"小老虎和小袋鼠困在了'六棵松'上下不来啦，而——"

　　"而我刚才还在念叨，"小猪插进来说，"要是克利斯多弗·罗宾在，那就好了——"

　　"还有我老驴在呢——"

　　"要是你们在这儿，我们就会有办法帮他们了。"

　　克利斯多弗·罗宾朝上面望望，小老虎和小袋鼠正在动脑筋想办法。

　　"我觉得，"小猪认真地说，"如果老驴站在树底下，如果菩站在老驴背上，如果我也站在菩的肩膀上——"

　　"如果，"老驴忍不住打断说，"如果这时老驴的脊背突然断了，那么，咱们就统统要挨摔了。哈哈！这可真好玩儿，可是，全是白费脑筋！"

　　"哦，"小猪低声说，"我是这么认为的——"

　　菩很惊讶地问老驴："那样会把你的脊背踩断吗？"

　　"所以我才说好玩呢！菩，最终怎么样，要等到事后才能弄清楚。"

　　菩说了声"哦"，接着大家又开动起脑筋来。

　　突然克利斯多弗·罗宾大声说："我想到好办法了！"

　　老驴说："仔细听着，小猪，这样你就会知道我们要怎么做了。"

　　"我把我的上衣脱下来，咱们每人各拽着一个角，然后让小袋鼠和小老虎他们跳到上面去，因为衣服既柔软，又有弹性，所以他们是不会弄伤自己的。"

　　老驴也赞同地说："把小老虎弄下来，还不要伤着任何人。小猪，你只要记住这两点就可以了，没错儿！"

　　但是此时小猪并没有仔细听，因为他被克利斯多弗·罗宾的蓝背带吸引住了。

　　在这以前，记得他还很小的时候，只是见过一回，而且当时由于太高兴了，使他提前睡了半个小时的觉；从那以后，他总想知道那蓝背带是不是像他想像的那样蓝，那样紧。当克利斯多弗·罗宾脱下了他的上衣后，他无意中一看，果然是他想的那样。

此刻小猪觉得老驴也变得很友好了，就紧挨着老驴拽起那衣服角，朝他快活地笑着。而老驴悄悄地对他说："告诉你，我不能保证一会儿不会出事故。这都很难说，事故没发生之前，你就不会搞清楚。"

当小袋鼠弄清楚他们要做什么的时候，他兴奋得要发疯了。他高声叫道："小老虎，小老虎，咱们要向下跳了！你先看我跳，小老虎！我会像飞一样地往下跳，老虎们会这样吗？"然后他尖声喊出来："克利斯多弗·罗宾，我要跳下来了。"接着他就纵身一跳——一直跳到衣服的中央。

由于他降下的速度太快，跳下的一刹那又被弹起来好高，高得和原先待的地方一样高——他不停地被弹起来，落下，落下，又弹起来，每弹起来一次，他就"啾"地叫一声，这样反复了好一阵子，才终于停了下来。他意犹未尽地说："啾，太好玩了！"大家把他稳稳地放在了地上。

小袋鼠说："来啊！小老虎！这很简单的。"可是小老虎却紧紧地抓住树枝不放，自言自语："这个动作对袋鼠那样喜好跳跃的动物当然没什么，可是对我们老虎那样喜欢游泳的动物，就不同了。"

于是他自己幻想着自己仰脸漂在水上，顺河而下，或者正在从一个岛往另一个岛游去。他觉得这样做才像个老虎的样子。

"放心跳吧！"克利斯多弗·罗宾说，"我保证你没事儿。"

"再等一会儿，"小老虎精神紧张地说，"我的眼睛里弄进了一小块树皮。"说着他在树枝上缓慢地移动着。小袋鼠尖着嗓子叫："快下来啊！这很容易的！"

话音未落，小老虎已经发现那有多容易了。"啊！"当树枝擦着他身子飞过去的时候，他边喊叫着边摔了下来。

"小心点！"克利斯多弗·罗宾冲其他人喊。

突然一下子猛烈撞击，接着又一个撕裂的声音，大家此时都乱七八糟地摔倒在地上。

克利斯多弗·罗宾和菩，还有小猪，首先站了起来，随后又把小老虎扶了起来，压在所有人下面的是可怜的老驴。

"哦，老驴！"克利斯多弗·罗宾担心地大声叫道，"你受伤了吗？"他很焦虑地摸摸他，拍拍他，随后帮助他重新慢慢地站起来。

老驴好久没说话。

最后他终于开口说："小老虎在这儿吗？"

此时的小老虎，早已经恢复了活蹦乱跳的劲头。

"是的，"克利斯多弗·罗宾说，"小老虎在这儿呢。"

"嗯，"老驴说，"替我谢谢他吧！"

老驴一直以为自己的脊背会被他们给压断，可是现在居然一点事都没有，老驴松了一口气。

兔子奔忙

兔子没有想到，今天居然是他最忙碌的一天。

一起床，他就感觉要紧的事很多，而且，件件都需要他来决定。因为在这一天里正好要"组织"一些事情，比如写一个由兔子签名的通知啦，探听探听别人有什么想法啦，等等。

趁着这个天气大好的早晨，兔子急急忙忙跑去跟菩说："棒极了，那么，我会告诉小猪的。"然后他又马不停蹄去跟小猪说："菩认为呀——但是，我最好还是先去看望一下猫头鹰吧。"

这一天还真是个好日子，大家都在说："是呀，兔子。"或者说："不，兔子。"并且每个人都听候他的吩咐。

当他走出家门，嗅着春天早晨空气里的温馨（xīn），又不知该做什么好了。

想到袋鼠妈妈家离得最近，而且她家里还有小袋鼠，而且小袋鼠说的"是呀，兔子"或者"不，兔子"的声音，比森林里谁说都好听。

不过，现在他家又新添了一个动物，就是那个精怪活泼的小老虎。他是那么独特的一只小老虎，如果你告诉他去哪儿，他总是会走在前面，而且经常是你已经到了目的地，很得意地说："我们到啦！"而他却早已跑得无影无踪了。

"不，还是不去袋鼠家。"兔子在阳光下卷了卷自己的胡子，一边寻思着，一边自言自语。

打定主意不去袋鼠家后，他改变了方向，向左拐弯，径直走上了去克利斯多弗·罗宾家的路。

"反正，克利斯多弗·罗宾还得依靠我。"兔子自言自语，"他喜欢菩、小猪和老驴，我倒是也喜欢他们。就是他们大都没头没脑，没有什么值得骄傲的地方。他之所以尊重猫头鹰，是因为谁也拼写不出'星期二'这个词来，连他自己也做不好，而猫头鹰却可以，所以他不能不对猫头鹰表示尊重。可是会拼写并不代表一切，拼写'星期二'还用不着数数呢。

至于袋鼠妈妈，她还要照看小袋鼠，实在太忙了。小袋鼠嘛，又太小了。小老虎呢，他太活跃了，没多大用。所以，实际上除了我，所有人都不灵。我要去看看克利斯多弗·罗宾家是有什么事情要做，如果有，我就可以替他做一下了。今天正是做这些好事的日子呢。"

他开开心心地走去。不多会儿，他穿过了小溪，来到他亲戚朋友居住的地方。看起来他的亲友们好像比平日又多了许多。

他看到一两只刺猬，但他来不及握手，只是冲他们点了点头。随后他又朝另外几个庄重地说："早上好！早上好！"对个子比较小的，他就亲切地问道："哈，你在这儿呢！"他舞动一只"手臂"，跟后面的那一伙人打了一下招呼，就走了。使人有一种兴奋却又摸不着头脑的气氛。

甲虫家族里有几位（包括亨利·罗士）在他走后立刻赶往"百亩林"，随后朝树上爬去，他们想抢先爬上树顶，无论有什么事发生，都能好好地瞧一瞧兔子到底在干什么。

此时，兔子感觉每一分钟都是那么的重要，于是他匆匆忙忙地经过"百亩林"边，很快来到克利斯多弗·罗宾住的地方。

他敲了敲门，朝门里叫了一两声，然后往后退了几步，举起脚爪来遮住太阳，朝树顶上喊，又转身朝四下里喊"你好！""罗宾是我呀！""我是兔子呀！"

可是周围没任何动静。随后他停下来听着动静，周围静静的。在阳光下，森林中到处是一片寂静，显得格外安宁。这时，在很高很高的上空，有一只云雀从头顶飞过，唱了起来。

"真糟糕！"兔子说，"他不在家。"

他准备回到绿色的大门那里，想弄清楚到底是怎么一回事。他觉得整个早晨都被浪费掉了。

就在准备要转身离去的时候，他发现地上有张纸片，纸片上还别着一根针，像是刚从门上掉下来的。

"哈！"兔子看着地上的纸条，顿时高兴起来，"又是一张通知！"

上面写的是：

出门了

马上回

忙得很

马上回

克·罗

"哈！"兔子赶忙自言自语地说，"我得去通知大伙儿。"于是他又匆忙离开了。

离罗宾家最近的住宅是猫头鹰家，于是他就朝着猫头鹰家走去。

他终于来到了猫头鹰家，敲门，打铃，又打铃，又敲门，猫头鹰这才终于探出头来说："走开！我正在思考呢！——哦，是你吗？兔子。"他说话的头几句总是这么说。

"猫头鹰，"兔子赶忙说，"我们都是头脑比较清醒的，而别人的脑子里却都是一堆乱麻。在这森林里如果要有什么事需要想想办法——我说想办法，意思就是说要真动脑筋的话——只剩下你和我了。"

猫头鹰说："是的，我一向喜爱动脑筋。"

"念念这个。"

猫头鹰接过兔子手里的克利斯多弗·罗宾的那张"通知"，紧张地瞧着。

他不但能拼写他自己的名字"猫头鹰";也能拼写出"星期二",而不会被人误当成"星期三";只要没有人在后面总是打岔说"怎么样",他都能非常顺当地阅读出来;而且他还能——

"怎么样?"兔子好奇地问。

"不错,"猫头鹰显出既聪明,又习惯思考的样子,说,"我知道你的意思,自然。"

"是吗?"

"可不是嘛!"猫头鹰充满自信地说,"千真万确,"他稍微想了一会又加上一句,"要是不见你来,我还准备去找你呢。"

"为什么呢?"兔子不解地问。

"还能为了什么呢!"猫头鹰说着,心里盼望这时候能有什么突发状况可以给他解解围才好。

兔子则一本正经地说:"今天早晨,我去拜访克利斯多弗·罗宾。他不在家,在他的门上钉着一张通知。"

"跟这张通知一样吗?"

"不一样,但是意思有些一样。很奇怪。"

"真是奇怪!"猫头鹰说着,又看了一眼那张通知。突然,他产生了一种非常古怪的想法,会不会有人在克利斯多弗·罗宾背后捣鬼吧!

他问,"你做什么了?"

"什么也没做呀。"

猫头鹰机智地说:"最好是——"

"什么?"兔子问。

猫头鹰猜到兔子会这样问的。猫头鹰说:"说真的——"

但他一时间又想不出新词来。忽然,他有了一个主意,就问道:"兔子你告诉我,第一张通知写的是什么内容。这很关键。所有的事都跟这第一张通知有关系,都决定于通知写的内容。"

"事实上,和这张没有任何差别。"

猫头鹰盯着兔子,考虑着要不要把他从树上推下去。转念一想,一会儿再推也不迟，他就想再追问一下刚才说的事。

"请把那上面的字念仔细。"猫头鹰这样说，就仿佛兔子刚才什么也没说似的。

"那上面只写着'出门了，马上回'。不过，和这几个字很像，还写着'忙得很，马上回'。"

猫头鹰轻松地长出一口气，说："啊！现在，终于弄清楚究竟是怎么回事了。"

"不错，可是，克利斯多弗·罗宾会在哪儿呢？"兔子问，"把这点弄清楚很重要啊！"

猫头鹰又看了看通知。

对像他这样一位曾受过教育的动物来说，念念通知是很简单的事。"出门了，马上回。忙得很，马上回。"——这两句话不过是普通通知常用的话嘛！他说："亲爱的兔子，事情很明白啦。克利斯多弗·罗宾跟一个叫马上回一起出门了，他跟马上回在一起都很忙。你在这森林里的某个地方见过一个叫'马上回'的吗？"

兔子说："我不知道，我还想问你呢。他们长什么模样？"

"嗯，"猫头鹰说，"马上回身上带有斑点，就是一种——

"起码，实际上更像一种——

"自然，它全靠——"

猫头鹰最后终于停止了他的猜测，坦白地说："嗯，嗯，实际上，我也没见过他们的模样。"

兔子说："谢谢你啦！"说着，很快地跑去找菩。

他没走多远就听到一个声音从远处传来。

于是，他停下脚步来听，那声音是这样唱的：

> 冬天过去了，
> 蝴蝶在飞翔。
> 报春花露出笑脸，
> 鸽子"咕咕"把歌儿唱，

紫罗兰在绿茵中开放，

树林里万物在生长。

蜜蜂儿把蜜酿，

振动起小翅膀，

"嗡嗡嗡"地欢唱。

夏天就要来到了，

夏天让人更欢畅，

牛"哞哞"的小声哼叫，

鸽子"咕咕"的大声歌唱，

菩也忍不住念首诗，

趁着这大好的阳光。

春天真是好啊，

能看见云雀在唱，

能听到兰铃在响。

鹧鸪（zhègū）不"咕咕"地鸣叫，

却"咕—呜"地唱，

菩也唱起自己的歌，

就像小鸟一样。

兔子兴奋地说："你好，菩。"

此时，菩也含含糊糊地回应了一句："你好，兔子。"

"是你编的这首歌吗?"

"嗯，是我刚刚瞎编的，"菩说，"没考虑太多。"他谦虚地说，"这些你都知道，兔子，有时候它自己就来了。"

"哈!"兔子觉得有点奇怪，很少见有什么东西来找他，都是他去找别人。

他说："最关键的是：你在森林里有没有见过一个身上有斑点的，叫做'马上回'的?"

"没有，"菩说，"从来没有——一个也没有。我刚才遇到小老虎啦。"

“那有什么用。”

“没用，”菩说，“我也知道没用。”

“你碰到小猪了吗？”

“见到了，”菩说，“不过我觉得，那也没用吧？”他友善地问。

“嗯，那就要看他是不是见到了什么。”

“他看见我了。”菩紧接着说。

兔子坐在了菩的身旁，但又觉得那样不太庄重，于是就又站了起来。

他清了清喉咙说：“说了半天，重要的是：最近，早上，克利斯多弗·罗宾究竟做了些什么事情？”

“哪些事情？”

“嗯，无论什么事情，你告诉我好吗？你在早上见到过他做了哪些事情？就在最近几天。”

“当然可以，”菩说，“昨天我们还一起用早饭，然后就在松树旁边。我编了一只小篮子，一只小小的，当然也不能算太小的篮子，一只比普通那种稍大一点儿的篮子，装满了——”

“好，好，”兔子打断他说，“然而我的意思是时间比那时候再晚点。十一点到十二点之间，你有没有见到他？”

“哦，”菩说，“在十一点钟——在十一点钟——哦，在十一点钟，你知道，我平常是在那个时候回到家里的，因为那时候我总会有一两件事情要做。”

“十一点一刻呢？”

“哦——”

“十一点半呢？”

“对，”菩说，“在十一点半——或许是十一点半以后——我可能见到过他。”

现在仔细想了一会儿，他才发觉最近的确见到克利斯多弗·罗宾的次数很少。上午没见过，下午倒见过，晚上也见过，早饭以前也见过，早饭刚吃过也见过，也许是他后来说了一声“菩，再见！”就不知走到哪儿去了。

兔子说："这就对了，他现在在哪儿呢？"

"或许他在找什么东西。"

"找什么？"兔子问。

"我正要说这个，"菩说，"或许他在找一个——一个——"

"一个带斑点的'马上回'吗？"

"对对，"菩说，"就是那样的一个东西，当然也可能不是。"

兔子用严厉地目光看着他，说："我认为你并没有帮到我什么。"

"没有帮上忙，"菩说着又谦虚地补上一句："我倒很想尽力帮点儿忙的。"

因为他"想尽力"，于是兔子向他表示了感谢。

兔子说他现在要去看老驴，如果菩乐意，可以跟他一起去。但是此时菩感到又有一首歌要"来了"，他就推辞说要等小猪，再见吧，兔子，于是兔子就离开菩走远了。

兔子原本是想去老驴家，结果兔子却先见到了小猪。

那天早上，小猪起得很早，给自己采了一束紫罗兰。

当他把采来的花插进他屋子正中的一个花瓶里时，忽然想起，还从来没有谁给老驴采过一束紫罗兰。他越这样想越替老驴难过。于是小猪又急匆匆地走出去，一边走一边自言自语"老驴，紫罗兰，""紫罗兰，老驴"，以免忘掉。

他又采了一大把紫罗兰，边走边嗅着花香，心里感到特别愉快，一直来到老驴住的地方。

"啊，老驴。"小猪见老驴正忙着，说话有点紧张。

老驴伸出一条腿摇摆着，意思让他离开。

他不耐烦地说："明天，或者后天。"

小猪靠近一些，看看他在做什么。原来老驴正在地上摆弄着三根木棍，同时正在瞧着它们。有两根一头儿相接，另一头儿分开，第三根横在那两根的中间。

小猪猜想没准是一种陷阱吧。他又说话了："啊，老驴，我只是——"

"是小猪吗？"老驴嘴里说着，视线依旧没有离开他的棍子。

“老驴，是我，我想——”

“你认识这是什么吗？”

“不认识。”

“这是一个‘A’。”

“啊！”小猪惊奇地说。

老驴严肃地说：“是‘A’，不是‘啊’，你没听清吗？还是你自认为比克利斯多弗·罗宾的学问还大？”

“是的，啊，不！”小猪不知如何说是好，于是又靠近了一些。

“克利斯多弗·罗宾说那是一个‘A’，只要没人踩踏，它就是一个‘A’。”老驴郑重地说。

小猪急忙朝后跳了一下，闻着他的紫罗兰。

“小猪，你知道‘A’代表什么？”

“不知道，老驴，我不知道。”

“它指的是知识、教育，指的是现在你跟菩所欠缺的所有东西。就是这个意思。”

“……”小猪又很快地解释说，“我的意思是……那是真的吗？”

“我正要和你说。人们经常在这个树林里走来走去，来来回回地打‘哈哈’，还得意地说‘这只不过是老驴的把戏，没什么’。但是，有谁知道‘A’是怎么回事吗？他们才不知道呢。在他们眼里，那只不过是三根棍儿而已。

可是对于有教养的人——小猪，你要留意这个词是‘有教养’，不单单指菩和你说的——这个‘A’字就很伟大、很光荣。它可不是让人可以在上面为所欲为的东西。”

小猪心情紧张地向后倒退了一步，同时还四处张望，希望这时有人能来帮帮他。

“是兔子来了，”他开心地说，“你好，兔子。”

兔子神气十足地走过来，冲小猪点了点头，然后说：“啊，是老驴啊。”那口气，似乎两分钟以后，他马上就要离开似的。

“我现在只有一件事要问你，老驴，在‘最近的早晨’你知道克利斯多弗·罗宾出什么事了吗?"

老驴仿佛没听见一样,两眼仍然盯着地上,自言自语地说:"我正看着的这东西是什么?"

"三根棍子啊。"兔子马上说。

老驴抬起眼来,对兔子严肃地说:"我现在正要回答你的问题。"

"谢谢你。"兔子说。

"克利斯多弗·罗宾早晨会干什么?他开始学习了。他比以前变得有教养了。而且,用他自己的话说,还开始'考察'知识了。我现在也是在小规模地'考察'进行中,跟他一样,举个例子来说吧,就像这个。"他随手指了指地上的木棍。

"是一个'A'字,"兔子说,"可是,这并没有怎么样啊。好了,我现在必须回去告诉大家了。"

老驴看看他的棍子,又看看小猪,他疑惑地问:"兔子刚才说它是什么?"

"一个'A'字。"小猪补充说。

"是你刚才告诉他的吗?"

"没有,老驴,我没有和他说。我猜他早就知道了。"

"他知道?你的意思是说像'A'这个事情,兔子也能早知道吗?"

"当然,老驴。他很聪明。兔子是很聪明的。"

"聪明!"老驴没好气地嘲笑说,随即用一只脚重重地踩在他的三根棍子上,三根棍子一下子变成了六根。

"教养!"老驴尖酸而高声地说着,接着在他的六根小棍子上不停地跳着,六根棍子被折腾得一下又变成了十二根。

"什么是学问?"老驴依旧高声问着,同时愤愤地把那十二根棍子踢到半空中去,"连小小的兔子也知道!哈!"

小猪此刻紧张地说:"我认为——"

"别说啦!"老驴打断了他说。

"我觉得紫罗兰还是相当不错的。"小猪说完,在老驴面前撂下了那一束花,就慌慌张张地跑掉了。

第二天早上，在克利斯多弗·罗宾的门上，又贴了一张通知，那张通知上写着：

出门去了

马上回来

克·罗·

从那以后，树林中所有的动物——当然，除了那个"带斑点的""马上回"以外——都已经知道了克利斯多弗·罗宾干什么去了。

菩发明的新游戏

时间过得飞快，眨眼间已经到了夏季，当小溪流汇聚到森林边缘的时候，水已经涨得像条小河了，而且还在继续涨呀，涨呀。此时它再也不像从前那样，像个小孩似的欢快地蹦蹦跳跳，然后到处溅起泡沫。

现在它流动得越发缓慢起来。因为它知道将要流到何处，所以仿佛自言自语道："别着急，慢慢地，总会到的。"但是只有森林深处的那些没有涨水的小溪流，却依旧匆匆地快速流淌，好像它们还在不停地、急切地寻找着自己的出路。

沿着森林边缘走进去，有一条宽阔的小道，几乎像大路那么宽了。只是在到森林深处之前，需要先跨过一条小河。

在那里一座木桥横跨在小河上，那桥大约也有大路那么宽。桥两边都绑着木栏杆。

每当克利斯多弗·罗宾走在桥上，要是高兴的话，刚好可以把下巴颏放在最上层的栏杆上。有时，踩着底层那个栏杆上会更有意思，因为那样身子就可以高高地靠在栏杆上面，观看着小河在他脚下缓缓地流过。

菩如果高兴的话，他的下巴颏也只能搁在底层的栏杆上，那时如果他趴下来，把头钻到栏杆下面也会更有意思了，因为那样小河就会从他身子下面缓缓地流过去。

而小猪和小袋鼠只能用这个趴着的办法来观看小河，因为他们的个子实在太小了，连最底层的栏杆也够不着，所以也只好趴下看：看那河水慢吞吞地、悠闲自在地在他们身下向前流去。

这一天，菩正准备从这座桥走过去，忽然看到路两边到处都是松果，他的诗兴不由得来了，就想编一首关于松果的诗。

于是，他弯腰捡起一个松果，瞧了瞧它，随后自言自语道："这个松果真可爱啊，应该想几句诗夸夸它。"但是他怎么也想不出来。正着急时他脑子里忽然冒出了这么一首诗：

> 神秘的树，神秘的树，
> 小松树是神秘的树。
> 猫头鹰说是他的树，
> 袋鼠妈妈说是她的树。

"这没道理呀，"菩反问自己说，"因为袋鼠妈妈从不住在树里。"

他又走到桥边，不小心，脚下被什么东西绊了一下，松果从他掌中掉到河里去了。

"糟糕。"菩烦恼地说。看到那个松果落在桥下面，顺着水漂走以后，他立即返回去另捡起了一个松果，正要为它作诗，随后一想，难得今天天气晴朗，倒不如趴在桥上朝河里瞧瞧。所以他趴了下来，目不转睛地朝水里观望，河水在他肚子下面缓缓地流过……忽然，他看见他的松果也从水中缓缓地飘了过去。"真有意思，"菩喃喃地说，"我把它从桥那边丢下去的，它却从这边流了过来，如果再丢一次，是不是还会这样呢？"说着，他返回去又多取了一些松果来。

像上次一样再丢一回，还是那样。接着他一次丢下两个松果，然后靠在桥上看哪一个会最先露出来。可是因为两个一样大，他根本弄不清先出来的到底是哪一个。于是又丢下一回，这次他选择丢下一个大的和一个小的，结果是那个大的先露了出来，他猜中了；小的后出来，他也没猜错。就这样，他一次就赢了两回……

一直等到他回家吃晚饭的时候，总共赢了三十六次，输了二十八次。

　　这个成了菩新发明的那种叫做"菩棍儿"的游戏的开始，以后他和朋友们经常聚在森林边缘，经常玩这种游戏。只是，不用松果，而是用树棍儿，因为这个标记比较明显。

　　又是晴朗无云的一天，菩、小猪、兔子和小袋鼠约好一起玩"菩棍儿"游戏。兔子说了声"开始!"他们就赶快把棍儿丢进水里，然后急忙跑到桥的另一边，全都趴在桥边上，等着看是谁的棍儿最先从水里露出来。

　　只是要等很久，因为那天风静悄悄的，河水好像也显得格外懒洋洋的，好像对于是否能流到尽头，都毫不介意似的。

　　小袋鼠直嚷嚷："我能看见我的。不，我还是没看见，那是别的东西。小猪，你能看见自己的吗？我觉得应该可以看见我的，但是又不见了。它在那儿呢! 不，不是的。菩，你能看见自己的吗？"

　　"还没看见呢。"菩有些着急地说。

　　"我丢下去的棍儿肯定是被卡住了，"小袋鼠说，"兔子，我的棍儿像是被卡住了，你的呢？小猪。"

　　兔子说："它们飘流的时间总是比你想像的要长一些。"

　　"要多长呢？"小袋鼠焦急地问道。

　　正在这时，菩兴奋地喊了声："小猪，我看见你的了。"

　　"我的是灰色的。"小猪说着，因为他生怕掉进水里，因此，不敢再朝前探身子。

　　"对了，我看见的正是灰色的。它朝我这边流过来呢。"

　　兔子把身子又往前伸了伸，找到了他的小棍子。

　　小袋鼠则兴奋地、上上下下地扭动着身子，大叫道："快看啊! 棍儿! 棍，棍，棍儿!"

　　小猪手舞足蹈地趴在那儿，兴奋得不得了，因为到现在为止只看见了他的小棍儿，也就是说，他就要赢了。

　　"它过来啦!"菩说。

　　"你能确定那是我的吗？"小猪激动地尖声叫喊。

　　"当然了，因为那是一根灰色的嘛。是一个很大的灰东西，过来了。

一个很——大的——灰色——哦，不对，不是的，那是老驴。"

语音未落，真的看见了漂过来的老驴。

大家一齐喊："老驴!"

老驴不知何时从桥底下出现了，而且四脚朝天，看样子是那么悠闲，庄严。

小袋鼠开心极了，朝下面大声喊着："那是老驴!"

"真的是吗?"老驴正说着刚好碰上了一个小漩涡，慢慢地在水里打了三个转儿，说，"我还正觉得奇怪呢。"

小袋鼠说："我可不知道你这是在玩儿呢。"

"我确实不是在玩儿。"老驴说。

兔子说："老驴，那你在那儿做什么呢?"

"兔子，你猜猜看，我给你三次机会。"

"是在地上挖洞吗?"

"不对。"

"是从一株小橡树的枝上往另一枝上跳吗?"

"不对。"

"是等着人来把你从河里救出来吗?"

"对了!"只要给兔子时间，他总是能找到最佳答案的。

"可是，老驴，"菩此时为老驴落水而心里难受，说，"我们能为你——我的意思是，我们该怎么做——你认为我们能怎么帮你呢?"

"好啦，"老驴欣慰地说，"你有这么一句话我就很高兴了。谢谢你，菩。"

小袋鼠聚精会神地望着老驴，说："他在那儿为什么老是打圈圈。"

"不转圈又能怎么样?"老驴冷淡地说。

小袋鼠自豪地说："我也会游泳。"

"游泳可不是打圈圈，"老驴说，"比起游泳来，打圈圈可就难多了。我今天本来就并不想游泳，"他一边慢慢地转着圈一边接着说，"可是既然已经进了水，我就决心练习一下从右到左的轻微的转圈动作……也许"他此时又进入了另一个漩涡里，就说，"也许，我应该说是从左到右，总之，碰上什么算什么吧，都是我自己想做的事，与其他人无关。”

沉默了好一会儿，大家好像都在思索着什么。

“我有办法了，”菩终于开口了，“可我很难说这是不是个好主意。”

“我也不敢说这主意很棒。”老驴也略带迟疑地附和道。

兔子说：“菩，你尽管说下去吧！我们听听。”

“嗯，如果我们一块儿往河里扔石头什么的，扔到老驴的身边，石头就会激起波浪，这样一来波浪或许会把老驴冲到另一边去。”

“这主意不错！”兔子赞同地说，菩这才松了口气，显得很高兴。

“真不错，”老驴也说，“可是菩，我如果想现在冲洗一下的话，我会告诉你的。”

小猪焦急地又问：“咱们会不会失手错打了他呢？”

老驴说：“小猪，也可以想想你们会不会打不中他。各方面都考虑周全了，才能心里踏实，大家才能高高兴兴地啊！”

可是，此时，菩已尽他所能，抱了块儿最大的石头，朝桥外探出了身子。

“老驴，我不扔，我就让它自己往下掉，”菩解释说，“这样我就不会失手——我是说我就不会打着你。你能稍稍停一小会儿别再转圈了吗？我已经快被你转迷糊了。”

“不能停啊，”老驴说，“我就喜欢打圈儿。”

兔子觉得该由他发号施令了。于是他说：“菩，我一说‘开始’，你就放石头。老驴，你自己小心啊！”

“兔子，谢谢你的提醒。我会注意的。”

“菩，准备好了吗？小猪，退后一点儿，给菩让出一点儿地方。小袋鼠，你准备好了吗？”

“别！”老驴慌忙说。

“开始！”兔子不由分说地下着命令。

菩一把放下了石头。只听“扑通”一声，再看水中，老驴不见了……

桥上的观众好一阵子都焦急不安。他们等呀，瞧呀……甚至看见了小猪的棍儿比兔子的棍儿还先出来了一小会儿，但这并没有让他们开心起来。

紧接着，正当菩开始为自己打错了主意、选错了日子、弄错了小河、拿错了石头而感到后悔时……就在这个时候，有个灰东西在河边露出了一小片……慢慢地越来越大……最后，终于看到老驴从水里出来了。

他们惊喜地大喊了一声，从桥上冲下去，一起把老驴连推带拉拉上岸，站到了干草地上，老驴终于又重新回到了他们中间。

小猪小心地摸摸他说："老驴，你浑身全都湿了！"

老驴把身上的水抖了抖，同时，小猪解释着说："当一个人在河里面待的时间长了身上会怎么样呢？"

"菩，干得很好，"兔子友善地说，"咱们想想哪个主意确实不错啊！"

"什么主意？"老驴疑惑地问。

"就像刚才那样用石头把你冲到岸上来呀。""冲我？"老驴惊讶地说，"冲我？你们别认为我是被水冲上来的。我刚才是潜水来着。菩朝我砸下一块儿大石头时，我为了不让我的胸挨砸，才潜水游到了岸边的。"

"你才没那么做呢！"小猪忿忿不平，小声对菩说，是想安慰一下菩。

菩忐忑地说："我可从没那么干过呀！"

"只是老驴自己那么说而已，"小猪安慰道，"我倒是觉得你刚才的主意真的很不错呢！"

菩心里这才有点宽慰些。虽然他是一个头脑很简单的熊，可是这次却肯动脑筋想问题，尽管大部分的时候，他想得头头是道，可等到一说出来给人家听时又蛮不对头了。

无论如何，反正老驴原先是在河里泡着，而现在已经安全出来了，菩丝毫也没伤害老驴啊！

兔子用小猪的手绢儿帮老驴擦身子的时候问他："老驴，你是怎么掉进河里的？"

"我没掉呀。"老驴否认说。

"可是，你是怎么——"

老驴解释说："我是被人撞了。"

"啊！"小袋鼠兴奋地问，"谁撞的你啊？"

"有人撞我了。我刚刚正在河边思考——思考，你们懂吗——就在这时候，我不知道被什么猛撞了一下。"

"哦，老驴。"大家一齐好奇地问。

"你能肯定你当时不是滑下去的吗？"兔子反问道。

"当然我滑了。假如你站在非常滑的河岸边，有人从你身后猛撞一下，你的脚当然要滑倒了。你说我怎么能不滑呢？"

"可到底是谁撞的你呢？"小袋鼠问。

老驴只是沉默不回答。

小猪心情紧张地猜测说："我猜是小老虎。"

"不过，"菩说，"老驴，你刚才的话是开玩笑呢，还真是一次意外？我的意思是——"

"菩。我当时可没来得及问，即便已经沉到河底下，也都没来得及问我自己：'这究竟是开玩笑，还仅仅是一次意外？'只是在我浮出水面的时候，我才告诉自己说，'全湿了！'你现在明白我的意思了吧？"

兔子问："但是小老虎呢？"

老驴还是没回答，这时只听见一声大吼，小老虎从树林的篱笆后面跑了出来。他高兴地向大家打招呼："你们好！各位。"

小袋鼠说："哈罗，小老虎。"

兔子看见他忽然变得很严肃的样子，说："小老虎，你知道刚才出了什么事吗？"

小老虎被问得有一点不自然了，问："刚才？什么时候？"

"就是你刚才把老驴撞进河里去的时候啊。"

"我没撞他呀！"

"你撞我了。"老驴粗声粗气地指责说。

"我真的没撞。我今天有点感冒，恰好我在老驴身后的时候，忍不住出了这么一声'啊——嚏'！"

"怎么了？小猪。"兔子一边说着，一边把小猪扶了起来，拍拍他身上的土说，"不要害怕，没关系的，小猪。"

"他把我吓了一跳。"小猪神情紧张地说。

"那就是我说的'撞'嘛，"老驴说，"突然把人吓一跳，这是很坏的习惯！"他接着说，"小老虎在森林里，我倒无所谓。因为森林这么大，有足够的地方让他在里面撞来撞去。但我不明白他干嘛非要跑到我这个小角落里来撞我呢？我这个小角落也没有多少好啊。当然，那些爱好阴冷潮湿的人会觉得我这儿非常舒适。其实，它不过是一个小角落而已，假如谁要想撞——"

"我真的没有撞，我只是咳嗽来着。"小老虎听了老驴的话有点生气了。

"撞也好，咳嗽也好，反正掉在河底下，感觉都一样。"

"好了，"兔子劝解说，"要叫我说呀，咦，克利斯多弗·罗宾在这儿，干脆听他说说吧。"

此时克利斯多弗·罗宾从森林里走了出来，来到了桥边。

因为他觉得今天下午的确是个令人愉快的日子，风和日丽的，可以让他无忧无虑地好好玩一下午了。而且如果站在桥的最底下那一层栏杆上，探出身子去看下面缓缓流淌的河水，也许就会一下子明白好多事，并且还能讲给菩听呢。

于是他才向桥边走来，但当他来到桥边，看到所有的动物都在这儿时，他就明白接下来的事情跟他想的不一样了，看来今天下午是闲不住了。

兔子首先开口了："克利斯多弗·罗宾，事情是这样的。小老虎他——"

"不，我没有。"小老虎反驳说。

"哦，无论怎样，我还在这儿呢。"老驴说。

菩说："不过，我觉得小老虎不是故意的。"

小猪说："他也许是撞了，可他是不得已呀！"

"小老虎，你来撞撞我看，"小袋鼠也在一旁急切地说，"老驴，看小老虎就要撞我了。小猪，你觉得怎么样——"

"好了，好了，"兔子打断了他们说，"现在，咱们别一起胡乱说了，最要紧的是，听听克利斯多弗·罗宾是怎么看这件事的吧！"

小老虎委屈地说："说了半天，我只是咳嗽了一下嘛！"

"他撞了我了。"老驴继续抗议地说。

"嗯，我只是咳了一下。"小老虎也不甘示弱地说。

"嘘！先别说了！"兔子举起前爪，"克利斯多弗·罗宾，你是怎么想的，这才是最关键的。"

"哦，"克利斯多弗·罗宾还没弄明白到底发生了什么事呢，说，"我想呀——"

"请说吧！"大家异口同声。

"我想，咱们还是一起来玩'菩棍'游戏吧。"

于是，他们又一起玩了起来。

虽然老驴从来没有玩过这种游戏，可是到最后比谁赢的次数都多。小袋鼠呢，却掉进水里两次，第一次是大意，第二次却是存心的。这时他忽然看见袋鼠妈妈从森林里走了出来，他知道一定是妈妈让他去睡觉了。

兔子说他乐意跟他们母子一起走。小老虎则跟老驴一起离开了，因为老驴想给小老虎讲一讲"赢菩棍游戏的窍门"。他一边比划一边说："小老虎，你得把棍像这样转着往下扔。你明白我的意思吗？"就这样，桥上就只剩下克利斯多弗·罗宾、菩和小猪了。

他们不约而同地往下瞧着河水，有好大一会儿，什么也不说。小河也默不作声静静地流淌着。在这样一个夏日的午后，一切又恢复了往日的安谧（mì）和宁静。

小猪首先打破了沉默，懒洋洋地说："小老虎实在是一点儿错也没有。"

"他当然没错。"克利斯多弗·罗宾补充说。

"说句实在话，大家都没错，"菩说，"这只是我的看法，但是，不知道自己说的对不对。"

克利斯多弗·罗宾看着奔流的河水说："其实谁都没有错。"

教训小老虎

那是一个夏天的午后，天气有些沉闷，让人觉得有些昏昏欲睡。兔子和小猪悠闲地坐在菩的大门外面，听兔子说话，菩也跟他们坐在一起。

这时，菩好像听到森林里被一阵轻微的声音充满："别听兔子说话了，听我的……"

为了不听兔子说话，菩故意用一个很舒服的姿式坐在那里，只是偶而睁睁眼睛附和地说一声"啊"，然后又闭上眼睛说一声"真的"。

有时兔子很关切地问："小猪，你明白我的意思吗?"小猪则点点头表示他已经明白了。

过了好一会儿，兔子终于讲到最后一句了，他说道："如今，小老虎折腾得越来越厉害了，咱们该教训他一通了。小猪，你说对不对?"

小猪说，小老虎的确是太调皮了，假如能想出一个好办法能让他不再调皮，那才算是好主意呢。

"我也是这样想的。"兔子说，"你说呢? 菩。"

菩立刻睁开眼说："很好。"

"什么很好?"兔子反问。

"就是你刚才说的呀!"菩随口答道，"没错儿。"

小猪用胳膊肘戳了菩一下子。

此刻菩越来越觉得他仿佛是在另外一个什么地方。他正慢慢地站起来，想弄明白到底是怎么回事。

小猪问："兔子，你说的'教训'是什么样的啊? 咱们该怎么做呢?"

"说的就是这个嘛!"兔子说。

菩回想着"教训"这个词，似乎从前在什么地方听到过。

他模模糊糊地回答了几句话，兔子和小猪都听不明白。他们连声问他，连他自己也弄不明白了。

小猪责怪菩："你难道刚才没有听见兔子说的是什么吗?"

"我倒是听了。可是我耳朵里好像塞了一小块毛，没听清楚，你再讲一遍，好吗？兔子。"

兔子从来就不怕反复说话，他想该从哪儿讲起呢？

菩说："就从我耳朵里吹进毛的时候讲。"

兔子问："那是什么时候？"

菩说："我也不知道，因为我没听清楚。"

小猪说："算了吧，就说我们打算该怎么办吧，刚才我们准备想彻底治治小老虎的调皮劲儿。无论你多喜欢小老虎，不得不承认他是太调皮了。"

"噢，我现在明白了。"菩说。

兔子说："就是因为他块头太大了，才会到处招惹是非。"

菩也跟他们一起动起脑筋来，可他想的全都没什么意义，于是他很安闲地自己哼唱起来：

> 兔子如果大一点儿，
> 胖一点儿，
> 壮一点儿，
> 或比小老虎大一点儿；
> 小老虎如果小一点儿，
> 毛病再大也没关系。
> 兔子只要高一点儿，
> 高一点儿。

"菩在唱什么呢？"兔子问，"有用吗？"

菩灰心地说："没，没什么用。"

"嗯，我们有办法了，"兔子高兴地说，"是这样的，我们一起带小老虎出一次远门，到他从来都没有去过的一个地方，然后把它撂在那里，第二天我们再去找他。等到那时候——请记着我的话——他就会变成另外一个样子了。"

"为什么呢?"菩不解地问。

"也许到那时,他就会变成一个'谦虚的'小老虎。也许他会变成一个'悲伤的'小老虎、'忧郁的'小老虎,一个胆小又自卑的小老虎,一个会说'噢——兔子——我——见到——您——很——高兴'的小老虎。道理就是这样。"

"他见到我和小猪也会很高兴吗?"

"那是自然!"

"那就好啊。"菩说。

"我可不愿意看到他总是悲伤的样子。"小猪担心地说。

"小老虎绝不会总是悲伤的。"兔子解释说,"为了这件事能更有把握,我曾问过猫头鹰,他说,他们会控制悲伤,而且克服的速度非常快,甚至快得有点儿惊人。然而,如果咱们能把小老虎改变得让他感到自己既渺小又可怜,哪怕只有五分钟,那么咱们的成绩也就算很不错了。"

小猪问:"克利斯多弗·罗宾也会这样想吗?"

"是的。"兔子说,"他会说:'小猪,你做了一件多么好的事呀。要不是碰巧我正在做其他的事,也许我会自己做这件事的。谢谢你,小猪。'"说完,兔子又补充了一句,"当然,还有菩。"

小猪为能有这个结果感到很高兴。他立刻就明白了他们要对小老虎做的事情,的确是一件好事。

既然有菩和兔子跟他一起做,那就肯定错不了。他这个小小的动物就该开开心心地去做。

现在唯一的问题就是:他们应该在哪个地方把小老虎丢掉呢?

兔子说:"我们把他带到'北极'去,到'北极'的探险路程是很长的。所以,小老虎如果再想回来就不是那么容易了。"

现在,该轮到菩觉得高兴了,因为"北极"是被他率先发现的。

如果他们到达那里时,小老虎肯定会看到一个布告牌,上面写着:"菩发现的,菩找到了它。"

如此一来,小老虎就会知道菩是一个多么了不起的小熊了。

也许他以前从没意识到。

于是他们就仔细地做好计划，打算定在第二天早上开始行动。

兔子住的地方和袋鼠母子和小老虎家很近，应当立刻回去问问小老虎明天早上有什么安排。

如果他什么事也不打算干，那就可以让他跟菩和小猪一起去探险了，假如小老虎听完这个建议说"好吧"，那就万事大吉了，如果他说"不"，那可就……

"他不会的，"兔子肯定地说，"这事交给我办好了。"说着他就匆匆忙忙地离开了。

第二天，天气完全是另外一种样子，既不晴也不热，天气既阴冷还有雾。然而菩自己却对这种天气并不在乎，但是转念一想，在这又冷又有雾的日子，蜜蜂就不能酿蜜了，他就为蜜蜂难过。

当小猪来找他的时候，他把这个想法说给小猪听，小猪说自己在这方面倒想的不是很多。他只是想到如果整天整夜迷失在这森林里，该会有多冷清，多难受啊。

他和菩一起来到兔子家，兔子看到这个天气却满不在乎地说，这样的天气正好。因为小老虎天天都会在人们前头乱蹦乱跳，只要小老虎能蹦出人们的视野，大家就赶紧向另外的方向跑开，他就再也找不着大伙儿了。

小猪说："不会再也找不着了吧？"

"嗯，除非是咱们再去找着他。小猪，来吧！也许等到明天或者什么时候，他会等着咱们的。"

当他们来到袋鼠妈妈家的时候，他们发现小袋鼠也在等着，因为小袋鼠和小老虎是好朋友，这个事情就不好办了。

但是，兔子却用前爪遮着嘴胸有成竹地小声对菩说："我来办这事。"说着朝袋鼠妈妈走过去。他说："我想小袋鼠今天还是最好别去。"

没想到小袋鼠却听见了这话，他忙问："为什么？"

"这冷天真令人生厌！"兔子说着，摇晃着脑袋，"何况你今天早晨不是还咳嗽吗？"

"你从哪儿知道的？"小袋鼠气愤地问。

袋鼠妈妈嗔怪小袋鼠："啊！小宝贝，你咳嗽怎么不告诉我呢？"

"只是有一点儿干咳，"小袋鼠说，"根本用不着和你说。"

"小乖乖，今天还是别去了，换个时间吧！"

"明天好吗？"小袋鼠满怀着希望问。

袋鼠妈妈说："好，明天再说吧。"

"你总是再说，总也不答应。"小袋鼠不高兴地反驳道。

"像今天这样的天气，我们也说不好，小袋鼠，"兔子劝他说，"我想咱们不会走得太远。何况今天下午咱们都要——咱们都要——咱们要——啊！小老虎，你在这儿呢！好了，再见吧，小袋鼠！因为今天下午我们要——来吧，菩！准备好了吗？好了！走吧！"

随后他们一起走了。

一开始，菩、兔子和小猪走在一起，小老虎则围着他们转圆圈。后来，当路变窄了，兔子、小猪和菩就排成了一行，一个接着一个走，小老虎就围着他们转着椭（tuǒ）圆的圈儿。渐渐地，小路两旁的黄花刺扎得人难受，小老虎则改在他们前面来来回回地跑，有时候还撞着了兔子，他们继续向前走着，越走雾越浓，小老虎不大一会儿就消失在雾中了。

每当这时，其他人都以为他跑不见了，他却又跑出来说："你们倒是快点啊！"而你正要跟他说话还没来得及开口，他就又消失了。

兔子转过头来碰碰小猪，说："告诉菩，下一次。"

小猪就转身告诉菩："下一次。"

"下一次什么？"菩问小猪。

突然，小老虎撞了兔子一下，又消失了。

兔子说："开始！"说着，他跳进路边一个洞里，菩和小猪也跟着跳了进去。他们在草丛当中蹲着，仔细地听着。

在森林里，一旦停下来不动，静静地聆听，整个森林就会显得非常寂静。他们什么也看不见，什么也听不见。

兔子说："嘘！"

菩说："我没出声。"

突然有一阵脚步声……随后又是一片寂静。

"哈罗！"小老虎突然在很近的地方大叫起来，如果当时不是菩无意当中坐在了小猪身上，小猪准会吓得跳起来。

兔子碰碰菩，菩也想碰碰小猪，可是却找不到小猪了。小猪呢？此刻在草丛中尽可能保持着平静的呼吸，他们觉得自己是那么勇敢，都很兴奋。

小老虎自言自语地说："真怪！"

又沉静了片刻，他们听到小老虎好像走开了，脚步声越来越远。

他们又等待了好一会儿，直到森林里寂静得有些让人恐惧了，兔子才站起来伸了伸懒腰。

他得意地轻声说："怎么样？正如我所说的，咱们终于办到了。"

菩说："我一直觉得，我想——"

"别再想了，"兔子说，"别想了！咱们跑吧！跟我来！"兔子在前面领路，大家急急忙忙都跑开了。

当他们跑了一段路以后，兔子终于开口说话了："现在可以说话了，菩，你刚才准备说什么来着？"

"没什么。我们为什么要到这儿来啊？"

"因为这能回家啊！"

"我觉得该往右边走才对，"小猪神情紧张地说，"菩，你说呢？"

菩低头瞧了瞧他的两只爪。他知道其中肯定有一只是"右"，也知道在明确了右边那一只以后，剩下的这一只就是"左"了。但是他却总也记不住该怎样确定哪一只是"右"。

"嗯——"于是他慢吞吞地说。

"走吧，"兔子自信地说，"我认识这条路。"

他们继续走着，大约过了十分钟以后，他们又不走了。

"真蠢！"兔子埋怨道，"可是这会儿我——啊，当然了，跟我来吧！"

又过了十分钟，兔子说："我们终于到了……不，我们还有段距离……"

又过了十分钟，兔子说："现在，我认为该到了，也许，我们走的方向稍微偏右了一点儿……"

又过了十分钟，兔子有些焦急地说："好奇怪，怎么所有的东西在雾里看上去都一模一样呢？你发现了吗，菩?"

菩说他也发现了。

大约又过了半个小时以后，兔子说："多亏咱们对这个森林很熟悉，否则就会迷路了。"说着他不以为然地笑了起来，似乎在告诉大家如果你熟悉这个森林就不会迷路。

小猪从菩的身后小心翼翼地走到他前面，小声说："菩!"

"嗳，什么事，小猪?"

"没什么事，"小猪说着拉拉菩，"我只需要知道你在这儿就行了。"

话说小老虎当时等待大家能赶上他，却没等着；再加上并没人跟他说"喂，快来啊!"所以他感到太没意思了，于是他就想，索性回家吧。所以他就拖沓（tà）拖沓地自己往家走。

当袋鼠妈妈一见到他，说的第一句话就是："小老虎真懂事，准时回来吃补药了。"接着就给他把药倒上了。

小袋鼠得意地说："我已经吃完了。"小老虎把自己的药一口吞下去说："我也吃完了。"接着他就跟小袋鼠互相推着玩。小老虎不注意碰倒了一只椅子。小袋鼠也学着故意地碰倒另一只。

袋鼠妈妈看见说："孩子们呀，你们出去跑跑玩吧。"

"我们去哪儿跑跑呢?"小袋鼠问。

袋鼠妈妈递给他们一只篮子说："你们帮我拾些松子回来吧!"

于是他们就去"六棵松"，在那儿互相投松子玩，他们玩呀玩呀，最后竟都忘了让他们到底来干什么了，他们把篮子丢在了树下，就急急忙忙跑回家吃午饭去了。

当他们快要吃完饭的时候，克利斯多弗·罗宾把头从外面伸进来，问："菩在哪儿?"

"小老虎乖乖，菩在哪儿?"袋鼠妈妈也问。小老虎说明刚才发生的事情，而小袋鼠也解释着他为什么咳嗽。袋鼠妈妈告诫他们不要同时讲话，要一个说完另一个才能说。

听小老虎说完经过，克利斯多弗·罗宾猜想菩、小猪和兔子肯定都在森林的大雾当中迷路了。

小老虎听这么一说，低声对小袋鼠说："真有趣！老虎们为什么从来不迷失方向呢？"

"这是什么原因呢？小老虎。"

"他们就是不迷路，"小老虎说，"事情就是这样的。"

"嗯，"克利斯多弗·罗宾说，"我们得去找找他们。就这样定，随我来，小老虎。"

小老虎对小袋鼠说："我得去找他们了。"

小袋鼠急着问："带上我行吗？"

"乖乖，今天不可以，换个时间吧。"袋鼠妈妈阻止说。

"嗯，如果明天他们迷了路，我再去找他们行吗？"

"到时候再说吧，"袋鼠妈妈又说。

小袋鼠明白这么说意味着什么，他就垂头丧气地走到一个角落里，自己在那儿跳呀蹦呀。这一方面是因为他想练习跳跃，另一方面是因为他想让克利斯多弗·罗宾和小老虎感觉去与不去对他来说无所谓。

在森林的迷雾中，兔子说："事实上，咱们不知道怎么回事，可能迷路了。"

他们找到森林中一个小沙坑，坐在里面歇了一会儿。

菩对那个沙坑越来越厌烦，因为无论他们朝哪个方向走，总会碰到它，他甚至怀疑那沙坑总在跟踪他们。而每一次，在雾中看到那沙坑的时候，兔子却总是得意地说："现在我知道咱们是在哪儿了。"菩也说："我也知道。"

只有小猪一声不吭，他真想说点什么，可是思来想去，嘴里却只想一句"救命啊，救命！"现在他跟菩和兔子在一起，说这话就显得太愚蠢了。

沉默了好一会儿，谁也没说一句感谢的话。

兔子有些精疲力尽，说："哦，咱们还是接着往前走吧！咱们该往哪儿走呢？"

菩慢吞吞地说："假如我们离开这个坑，过不太久，如果它再出现，该怎么办？"

"那有什么好处？"兔子说。

"嗯，"菩说，"咱们现在想回家却找不到路，所以我就想：如果咱们要找这个坑肯定也找不着。这样反倒好，咱们不想找什么，却能找到什么，而那恰恰是咱们要找的家了。"

兔子说："我还不明白你这是什么意思。"

"没什么，"菩谦虚地说，"没有多大意思。"

"我离开这个坑，再折回来，肯定会找得到的。"

菩说："哦，或许你会找不到，我也不过是想想罢了。"

"我们试试看吧，"小猪突然说，"我们在这儿等着你。"

兔子笑了一下，意思好像在说小猪真傻，然后就向前面的雾中走去。当他刚走了一百码，就转身往回走……

菩和小猪等了他近半个小时以后，菩站起来说："小猪，我刚刚想过了，我们回家吧。"

"可是，菩，"小猪激动地大声问，"你认得路吗？"

"不认得，"菩说，"但是我的食柜里还有十二罐蜂蜜，他们已经叫唤我好几个小时了。最初由于兔子总是在说话，所以我听不清楚。如果除了那十二个罐子，大家都保持沉默的话，我想，小猪，我会想明白该怎么走的，来吧！"

他们一起出发了。

小猪在很长一段时间里都闭口不言，怕干扰了那些罐子发出的声音。随后不久，忽然他发出尖细的一声，还有"嗷"的一声……因为现在他好像已经弄明白他究竟身处何地了。然而为了避免出错，他一直没敢大声说出来。后来，他愈发地肯定，不管蜂蜜罐是不是叫唤他，关系已经不大了。

正在这时，迎面传来一声叫喊，他们看见克利斯多弗·罗宾从雾中走了出来。

"噢，是你们啊！"克利斯多弗·罗宾随口说到，假装他没有什么令人着急的事情。

菩说："咱们就在这儿吧！"

不知谁在问他们："兔子去哪儿了？"

"我不知道。"菩说。

"——哦，我想小老虎会把他找到的。他正在想办法找你们仨呢。"

"嗯，"菩说，"我得回家去办点事了，小猪也得回去。因为我们还没有，而且——"

克利斯多弗·罗宾这才说，"我就是来看你们的。"

于是，他跟菩一起回到家里，他长久地注视着菩。

就在此时，小老虎却还飞奔在那森林里，四处寻找着兔子。他一边跑一边哇哇地叫着。最后，那只小小的、自己觉得很对不住小老虎的兔子听到了他的叫声。他穿过雾霭（ǎi），朝着叫喊声的方向跑来。接着这声音立刻变成了小老虎，那是一只多么友善的小老虎，一只多么了不起的小老虎，一只体型庞大但乐于帮助人的小老虎，一只活泼好动的小老虎。他蹦跳起来时那种漂亮的动作真是虎气十足。

兔子高兴地大声说："噢，小老虎，能见到你我真高兴啊！"兔子很激动，他终于可以回家了，而且他也知道了，小老虎是一个多么好的朋友啊！

小猪办大事

在森林里，为了大家彼此探望方便，他们在在距离菩家和小猪家之间的路上，安排了一个地方，他们叫它"思考处"。

如果赶上天气风和日丽时，他们就会在这儿坐上一阵子，琢磨一下接下来该干些什么事情。

这一天，他们无事可做，菩就以这个地方为题作了一首诗，为的是让大家知道这个地方都有什么用处。

　　这个充满阳光的温暖地方，

归菩所有。

他的活动计划，

总是在这儿做出。

哦，不对，我忘了，

这个地方也归小猪所有。

这是一个秋天的早晨，一夜秋风几乎把所有的树叶都吹落了，树枝也几乎被刮断。

这时候，菩和小猪正坐在"思考处"商量着事情。

菩说："我在想，咱们应当去菩角看望一下老驴，也许他的房子被风刮倒了，也许他正盼着我们去帮他重新再盖一座房子呢。"

小猪说："我想呀，咱们应当先去看望一下克利斯多弗·罗宾，就怕他不在那儿，咱们就见不着他了。"

菩说："咱们还是去看望大伙儿吧，因为如果你在大风里走了这么长的路，一旦来到谁家，人家肯定跟你打招呼，然后说你来得正好，正好可以赶上吃点什么东西，那该有多好啊！"

小猪也觉得，假如连菩都能琢磨出一点儿什么东西来，就该为他们能去看望大家找点理由了，比如说寻找个什么小家伙啦，组织个什么探险啦……

菩还真行。他说："我们走吧，因为今天是礼拜四，我们应该把这个当成一个理由，祝贺大家过一个愉快的礼拜四，跟我来吧，小猪。"

他们立刻站起身来。可是小猪刚站起来又被风吹得东倒西歪，他于是又坐了下来。菩拉了他一把，随后两人就出发了。

他们先来到菩家，菩请他进去，吃了点东西，然后又一起去了袋鼠妈妈家。

一路上他们手拉着手，在风中，大声说着"是那样吗？""什么？""我听不见！"……

来到袋鼠妈妈家，他们已经累得精疲力尽了，袋鼠妈妈就让他们留下来吃午饭。刚开始时外面真冷啊，没过多久他们就感觉好些了，于是就又尽快地向兔子家赶去。

"我们来祝贺你过一个愉快的星期四。"菩一边说着，一边在洞口出来进去好几次。他想确定自己是否有把握走得出这个洞口，以免又像上一回那样被洞口卡住不能再动弹了。

兔子问："这是怎么了？礼拜四有什么事情要发生吗？"

菩对他解释了一下。

整天忙于重要事情的兔子又说："我还以为你有什么要紧事呢！"

于是他们一起坐了不大一会儿，菩和小猪又继续前进了。现在他们正好是顺着风走了，所以再也用不着大声喊叫了。

"兔子真聪明！"菩若有所思地说。

"是啊，"小猪说，"兔子是很聪明。"

"他很有头脑。"

"是的，"小猪说，"兔子是有头脑。"

接着他们又同时静默了好长时间。菩接着说："我想，也许恰恰因为兔子太聪明了，他往往什么事情都搞不清楚。"

此时已经到了下午了，当他们来到克利斯多弗·罗宾家时，他正好待在家里，他见到大家很是开心。于是，就留大家待在他家，直等到快要吃晚茶的时候，他们简简单单地吃了一些茶点，就一起匆忙去菩角看望老驴，以免耽误了去猫头鹰家，跟猫头鹰一起吃正式的晚餐。

"你好，老驴。"他们眉飞色舞地喊着。

"啊。"老驴不以为然地说，"你们是迷路了吗？"

"我们来拜访你来了，"小猪说，"顺便看看你的房子怎么样。瞧，菩，那房子还好好的呢！"

老驴说："我知道，说起来这很古怪，为什么没人把它推倒呢！"

菩说："我们还在害怕风会把它刮倒呢。"

"难怪这么清净，也许都忘干净了吧"

"哦，老驴，我们见到你真高兴，现在，我们要去看猫头鹰了。"

"是啊！你们会喜欢猫头鹰的。他在一两天以前曾经从这里飞过去，他看到了我。虽然没说什么，但是，我跟你说，他肯定知道那是我。我觉得，他是非常和气，平易近人的。"

菩和小猪这时恋恋不舍地说："好吧，再见吧，老驴！我们还要走好长一段路呢。"

"再见！"老驴说，"小猪，当心你也被风刮跑。那样你会迷路的。到那时候，人们该问了：'小猪被风吹到哪儿去啦？'好了，再见吧，感谢你们顺路看我。"

菩和小猪说完最后一次"再见"后，就急忙朝猫头鹰家赶去。

他们现在已是顶着风走了，小猪的耳朵被风吹得向后呼扇呼扇的，像两把大扇子。他吃力地朝前走，感觉好像过了一个多钟头，才来到"百亩林"避风的地方。直到这时候他的耳朵才又竖了起来。

他竖着耳朵听着，此刻心情有点紧张，因为他听见大风在树梢间不停地呼啸、吼叫。

"菩，要是一棵树被风吹得倒下来，把咱们压在底下，该怎么办？"

菩仔细思忖一下，说："不会的。"

小猪这才放了心。又过了一小会儿，他们就来到了猫头鹰门前，欢天喜地地敲门拉铃。

菩说："你好，猫头鹰，但愿我们现在没有耽误——我的意思是说，你好吗，猫头鹰？因为今天是星期四，小猪和我来看望你了。"

这时，门开了，猫头鹰把他迎进屋里，说："请坐，菩。请坐，小猪，"猫头鹰客客气气地说，"请随便，不要客气。"

他们俩一边道着谢，一边尽量装作很随便地待着。

菩说："猫头鹰，你知道，因为——我们之所以这么匆忙赶来，是为了——为了在我们离开以前再看望你一下。"

猫头鹰很严肃地点点头，他说："如果我说错了，就请纠正我。现在，外面在刮大风，对吗？"

"对极了。"小猪回答，他正坐在一旁安静地抚弄他的耳朵，心想：但愿一会儿能够平平安安地回到自己家里。

猫头鹰又说："我觉得是这样。正是在这样的一个大风天，我的叔叔罗伯特——他的照片就挂在你靠右边的墙上，小猪——在将近中午的时候回到家来，他是从——是什么在响？"

突然听见一声破裂的巨响。

"当心呀！"菩大声说，"小心那个钟，快躲开，小猪！小猪！我要摔倒，砸在你身上了！"

"救命呀！"小猪大喊。

屋子的一边（菩所待的这一边）慢慢地翘了起来，他坐的藤椅也开始向小猪那边滑过去。放在炉架上的钟，也轻轻地滑动着，就连架上的花瓶也被推着朝前滑，所有的东西一起被摔在地上。此时地板都竖了起来，看上去像一堵墙一样。挂在墙上的罗伯特叔叔的照片和墙上的其他东西，倾刻之间都变成了地毯。

这些墙上的东西不约而同碰上了小猪坐的小椅子，连小猪也离开了他的椅子……一切都乱糟糟的，一时分不出东南西北了。接着又是一声破裂的巨响……猫头鹰屋子里所有的东西，横七竖八地成了一堆……紧接着又平静下来。

在屋子的一角，那块桌布好像缠裹着一个什么东西，随即滚动起来，看上去像个球似的，一直滚过了房间，然后只见那东西上下蹦跳了一两下，随后就伸出了两只耳朵，接着又一次滚到房间另一边，这才解脱了自己。

"菩！"小猪紧张地说。

"啊？难道是一张藤椅子在说话？"

"咱们这是在哪儿？"

只听见那藤椅子说："我也搞不清楚了。"

"咱——咱——们不是在猫头鹰家吗？"

"我想是的吧。因为咱们刚要吃，还没有吃呢。"

"嗯！"小猪说，"嗯，难道猫头鹰一直喜欢把信箱放在他的天花板上吗？"

"是吗？"

"是的，你看呀！"

"我看不见，"菩说，"有什么东西正压得我脸朝下呢，小猪，我现在这个样子看天花板是非常困难的。"

"哦，菩，他的信箱是在天花板上。"

菩说："也许他就是在我们面前变变花样吧！"

这时，在屋子的另一角，桌子后面，"踢里扑通"乱响了一阵子，突然猫头鹰的头露了出来。

猫头鹰看起来心不在焉的，他问："小猪，菩在哪儿？"

"我也搞不清楚。"菩说。

猫头鹰转过身朝着发出声音的地方仔细瞧着，尽管他很使劲儿地瞧，却什么也瞧不清楚。

他眉头紧皱，严厉地说："菩，这是你干的吗？"

"不，"菩谦逊地说，"我想应该不是。"

"那么会是谁干的呢？"

"也许是风，"小猪说，"现在你的房子已经被风刮倒了。"

"哦，真的吗？我还以为是菩干的呢。"

菩解释着说："不是我。"

猫头鹰思考着这件事，说："假如真的是风，那就不应怪菩。他也就不会受到任何指责了。"他说完这些与人为善的话以后，随即就飞了起来，瞧瞧他的"新天花板"。

菩偷偷说："小猪，他刚才的声音好大。"

"嗳，菩。"小猪脸朝上答应着。

"他说我不会受什么——了？"

"他说你不会受到任何指责了。"

"哦，我还以为他要——哦，我明白了。"

小猪叫着："猫头鹰，你下来帮帮菩吧！"

猫头鹰此时正在欣赏他的信箱呢，听了小猪的话，他飞下来，跟小猪一起对那把藤椅连推带拉，过了好一会儿，菩才从椅子下面出来。他又能够眼界开阔了。

猫头鹰说："嗯，现在情况不错了！"

小猪说："菩，咱们现在该干什么了？你有什么主意吗？"

"嗯，我刚才是想了，不过，我想的只是一件小事儿。"于是他就唱了起来：

> 我趴在那里，
> 假装是傍晚在休息。
> 我窝在那里，
> 想唱，却唱不出动听的歌曲。
> 我的脸紧贴着地板，
> 就像在表演什么杂技。
> 这样对待小熊太不公平，
> 干吗在我身上扣只藤椅！
> 在这里面越待越不好受，
> 那椅子刮蹭着柔软的熊鼻。
> 缩脖弯腰真不好受啊！
> 在这里面实在拥挤。

菩唱完了说："就这些。"

猫头鹰咳嗽着说："如果菩真的唱完了，那么，我们应该琢磨琢磨怎么才能逃出去的问题了。他说："因为现在无法像平常那样从前门出去了。好像有什么东西落下来砸在了前门上。"

"能从其他地方出去吗?"小猪焦急地问。

"问题就在这儿，小猪，我正要请菩为这事好好想想办法呢。"

于是菩坐在地上（那原来是一面墙），望着天花板（那原是另一面墙，上面有一扇门就是原来的前门），试着动动脑筋。他问猫头鹰说："你能背着小猪飞到那个信箱上去吗?"

小猪赶忙说："不，他不行。"

猫头鹰解释说这必须要用背肌才可以。关于这一点，他以为曾对菩和克利斯多弗·罗宾解释过一次，从那以后，他就随时等待机会再解释一次。

因为这种事如果人家始终不明白，你多解释一遍也是有必要的。

"猫头鹰，你知道，咱们如果能把小猪弄到信箱里去，他就可以穿过投信口，爬到大树下面去求救了。"

小猪听菩这么一说，赶紧解释说他最近又长大许多，即使他愿意，但是也不可能钻进信箱里去了。猫头鹰说他已经把信箱弄大了些，为了能收更大些的信件，所以没准小猪能够进得去。

小猪又说："你说过必须要怎样……"

猫头鹰说："不，想那些都没用……"

小猪说："那咱们最好再想别的办法吧！"他就马上又想了起来。

菩回想起他以前从洪水中救出小猪的情景，当时大家是那么羡慕他。虽然这种事并不经常发生，但他希望能再有这么一回。

忽然间，就像从前那样，一个念头又在他头脑里浮现了。于是他说："猫头鹰，我突然想起一些事。"

"聪明能干的小熊，什么事。"猫头鹰说。

菩听到夸他，显得挺得意，谦逊地说他只是偶然想到的。

他要猫头鹰把绳子的一头在小猪身上打个结，另一头由猫头鹰衔着飞到信箱上去，然后把绳子穿过铁丝网，再带回到地上。接着，猫头鹰按照菩所说的跟菩一起用劲拉住绳子这一头，小猪就在另一头慢慢地被升起来。这下就行了。

猫头鹰说："只要绳子不折，小猪就能上去。"

"如果断了呢？"小猪问着，他此刻很想把它搞明白。

"那就换一条绳子嘛。"

这话让小猪心里有些不安，因为不管换多少条绳子，摔下来的都只有他一个；即使这样，事情看上去也只能这样做了。他回忆起曾在森林中度过的快乐时光，直到现在还不曾有过被一截绳子吊到天花板上去的经历呢。

小猪终于对菩点了点头，同意地说这是一个很聪明的计……计……计策。

菩小声安慰着小猪说："放心！绳子不会断的，因为你的个头很小。

再说，我还要站在你下面，保护你呢。如果你救了我们大家，那从今以后再说起来，就是一件很了不起的事了。也许我要再给你编一首歌，人们将会说：小猪这样了不起呀，居然有一首倍受尊敬的菩歌来歌颂他了！"

听菩这样一说，小猪觉得心里舒服多了。

一切都准备停当后，小猪就看见自己慢慢地向天花板上升去。他此刻非常得意，几乎要喊出声"瞧我呀！"但是他又担心菩和猫头鹰会松开绳子的那一端，因为他们此刻正瞧着他呢。

"上去了！"菩兴奋地大声喊道。

"一切顺利呀！"猫头鹰应和着说。

一切很快就都办成了。小猪把信箱打开，爬了进去，然后，解开身上的绳结，开始吃力地从投信口往外挤……他挤呀，挤呀，费了半天力气终于挤出去了。他既痛快，又兴奋，他忍不住扭过头来，向那些还被囚禁在屋里的伙伴尖声喊叫着，告诉他们这个好消息。

"好啦！"小猪的声音穿过信箱，"猫头鹰，你的树被刮倒了，有一根树枝横着压在了门前，但是，没关系，我和克利斯多弗·罗宾会挪走它的。我们还会给菩带一条大绳子来。我现在就去告诉他。你们看，我能很轻松地爬下树去。我的意思是说，虽然有些危险，可是我会干好的。我和克利斯多弗·罗宾过半小时左右就回来。再见啦，菩！"小猪没等菩回答"再见，谢谢你，小猪……"就急急忙忙地跑开了。

"半个钟头，"猫头鹰一边说着，一边试图让自己坐得舒服些，他继续说道："这些时间刚好够我把剩下的故事讲完，上回我告诉过你我叔叔罗伯特的故事——我叔叔的照片，你瞧，就在你的身体下面。现在，我来想想，我刚才讲到哪儿了？噢，对了。正是这样一个狂风肆虐的日子，我那位罗伯特叔叔——"

菩只好坐在了乱七八糟的地面上，看着猫头鹰，猫头鹰则继续讲着罗伯特叔叔的故事……

老驴替猫头鹰找新居

这是非常好的一天，菩闲得很无聊，他不由自主地走到了"百亩林"——猫头鹰旧宅的前面，如今这座旧宅已经丝毫没有了房子的样子了，就像是一棵树被风刮倒了一样。一旦房子变成了这种样子，就需要另外再找新居了。

那天早上，菩在他的门底下拾到了一封神秘的信，上面写着："我要给猫头鹰找一处新居。你也来，兔子。"正在他纳闷儿时，兔子走进屋来，把信念给他听。

兔子说："我给所有的人都留了这样一封信，并且告诉他们里面的意思，他们都会去帮猫头鹰找房子的。我现在已经忙得不得了，再见吧！"说完就急匆匆地走了。

菩则在后面慢慢地跟随着。

他还要为猫头鹰做一些好事，比为他找新房子还要重要，还要好，那就是他要为那所旧宅编一首"菩歌"。

在前段时间他答应过小猪，说要为他编歌。每当他见到小猪的时候，小猪总是一声不吭，但是他马上就知道小猪为什么一言不发。旁边有人一提到歌啦、树啦、绳子啦、夜间的风暴啦……小猪的鼻子尖马上就会变红了，于是急忙拣些毫不相干的话来岔过去。

菩瞧着那曾经是猫头鹰旧宅的地方自言自语："这可真不是件容易事！那些诗呀，歌呀，并不是信手拈来的东西，你主动找它们不行，只能让它们来找你。它能在哪儿找到你，你就要到哪儿去找它。"

他静静地期待着……

"嗯，"他在原地待了很久，然后说，"我想用下面这句来开头，'这儿躺着一棵树'，显然这是事实。然后，我还要看情况如何发展……"

情况发展就是下面写的这样：

一棵树在这儿倒着，

可猫头鹰还是喜欢它竖着。

他对一位朋友说：

如果发生什么事，

请你招呼我。

看！大风在狂啸，

连猫头鹰心爱的树也被刮倒！

情况很不好，

对大家都不妙，

从没见过像这样的糟糕！

小猪今天真了不起。

他竟然想出了一条妙计：

他说需要一根粗绳子，

又说细绳也还可以。

他还说"要有信心、勇气"！

他向高处（信箱那儿）升起，

菩和猫头鹰望着都很惊奇。

小猪从投信口往外爬，

头在前，脚在后，

使劲地钻呀，使劲地挤。

啊，勇敢伟大的小猪！

我亲眼看见：

他眼不眨，腿不抖，

一寸一寸地奋斗，

终于钻出了投信口。

他奔跑，他呼救：

"救救小鸟猫头鹰！

救救小熊温尼·菩！"

听到小猪呼喊，

　　大家尽快赶来抢救。

　　小猪不光呼救，

　　还给人们指路。

　　门终于打开了，

　　我们都得救了。

　　你真好，伟大的小猪！

　　歌颂你呀，小猪！

　　赞美你呀，小猪！

　　菩把上面的歌儿反复唱了三遍，然后又自言自语："就这样吧！我本来想的并不是这样，没想到，一唱下来就变成了这个样子，现在我要去唱给小猪听了。"

　　"我要给猫头鹰找到一处新居。你也来吧，小兔子。"

　　老驴看到了这封信，就问："这是什么意思？"

　　兔子又给他解释了一遍。

　　"他原来房子的情况怎样？"

　　兔子又解释了一遍。

　　"没人和我说，"老驴说，"没人向我传递这个消息。到这个礼拜五，已经有半个多月没人找我说过话了。"

　　"肯定不是半个多月——"

　　"我是说到礼拜五。"老驴补充道。

　　"今天是礼拜六，"兔子说，"如果这样算只有十一天，而且一个星期之前我本人就在这儿嘛！"

　　"可你并没有说话呀！"老驴说，"说话要有一个人先说，另一个才能接着话茬儿。你当时只说了一声'哈罗'就跑没影儿了。我正要回答你，可是看见你的尾巴已经到了一百码以外的小山上了。我原本想问你一句'怎么了'，但当时已经太迟了。"

　　"嗯，我那时候正忙着呢。"

　　"我们当时既没有交换意见，"老驴继续说，"也没有交流思想，连

'哈罗——怎么了'都没回答成。我的意思是说，人家刚要说话的后半截'怎么了'，就只能这么望见你的小尾巴，然后就不知道你跑到哪儿去了。"

"老驴呀，那是你的过错啊。因为你从来都没有看望过我们当中的哪一位，你总是自己待在这个森林的角落里，期望别人来拜访你。怎么你就不能在闲暇时看望他们呢？"

老驴静默了一会儿，他想了想，说："兔子，也许你说的对，过去是我疏远了你们。看来我得走动走动了，和你们多交流交流。"

"这就对了，老驴。在你开心的时候，或者无论任何时候，到我们哪一家都可以。"

"谢谢你，兔子。倘若有人大声嚷嚷'糟糕，这不是老驴吗！'到那时我可以再退回来。"

兔子单腿站立了一会儿，说："好啦，我该走了，今天早晨我还有很多事要忙呢。"

"再见！"老驴说。

"什么？哦，再见。你如果恰好能给猫头鹰找到一所好房子，一定要及时告诉我们啊！"

"好的，我会留心的。"老驴说。

兔子急匆匆地走了。

此时，菩也找到了小猪，他们俩结伴走回"百亩林"。

他们走了好一会儿，一句话也没说，最后菩才鼓起勇气有点不好意思地说："小猪。"

"嗳，什么事，菩？"

"你还记得那天我说过，要写一首和你有关的'菩歌'吗？"

"是吗，菩？"小猪说着，鼻子稍稍有些发红，"对了，我记得你讲过的。"

"现在终于写成了。小猪。"

话音刚落，小猪的鼻子又红了，连耳朵也红了起来。他略带沙哑地问："是吗，菩？——是和——那个时候有关的？——你是说真的写成了吗?"

"是的,小猪。"

小猪的耳朵忽然变得通红,他试图说些什么,可是只能发出几下沙哑的声音,什么都说不出来了。

于是,菩就接着说:"一共有七段词。"

"七段?"小猪故意装做无所谓的样子说,"你很少在一首歌里写七段词,对吧,菩?"

菩说:"是的,从没写过七段,我不记得以前写过。"

"别人知道了吗?"小猪问。过了一会儿,他拾起一根小木棍,又把它扔掉。

菩说:"别人现在还不知道。你觉得怎样合适呢?我是现在唱呢?还是等见到大家时,再唱给大家一起听呢?"

小猪想了一会儿。 "菩,我觉得我最乐意的就是我现在听你唱——而——而且,过后再唱给大家听。因为,在大家听的时候,我就可以说,'哦,是呀,我已经听过了。'我还可以装作不听。"

于是菩就大声地唱给小猫听,他一口气把所有的七段全唱了。小猪站在那儿,一言不发,满脸通红。因为还从没有谁这样歌颂过"伟大的小猪"呢,从没有这样专门地单独歌颂过他!

听完之后,他还想选其中的一段再听一遍,但他又羞于开口。他喜欢的那一段就是用"啊,勇敢伟大的小猪"这一句开头的。他觉得把这一段作为一首诗的开头,非常有思想性。

后来,他终于说:"我做的事情真的有那么伟大吗?"

"嗯,"菩说,"在诗里面——在那首诗里,你就是那样做的。因为在整个诗里,你都是那样做的,人们所了解的也正是那样。"

"哦,"小猪感动地说,"但是我——我觉得我当时眨过几下眼睛。就是在一开始的时候我曾眨过。可是在那诗里面说'他眼不眨……'那是为什么呢?"

菩说:"你只是在内心里眨了一下眼睛。但这对于一个小小的动物来说,已经够勇敢的了。"

小猪高兴地长舒一口气，开始沉浸在自己的暇想当中。他是"勇敢的"呀……

过了一会儿，他们来到猫头鹰的旧房子时，发现除了老驴没到，大家都已经在这儿了。

克利斯多弗·罗宾好像正在讲着接下来要干什么，兔子唯恐有人没听清楚，紧接着又重复了一遍，然后大家就按照计划干了起来。他们搞到一条绳子，然后一起把猫头鹰的椅子啦、画啦，等等所有的东西，从他的旧房子里拽出来，准备再把它们安置到他的新房子里去。

袋鼠妈妈正在下面捆扎着东西。她对猫头鹰大声说："你不会还想要这些脏得不成样子的擦碗布了吧？还有这块旧地毯，上面全都是破洞了。"

谁知猫头鹰听了这话却生气地说："当然要啊！这些家具我会妥善处置一下的。再说，那也不是擦碗布，而是我的披肩啊！"

小袋鼠也随着拽东西的绳子来来回回地跑，一会儿跟着下到旧房子里去，一会儿又随着那些拽的东西一齐出来，这样一出一进，搞得袋鼠妈妈心慌意乱，到后来都不知道该到哪儿去找他了。

此时，袋鼠妈妈不住地对猫头鹰嘟囔着，说他的房子实在太不像样子了，既潮湿，又肮脏，早就该坍塌了。她还告诉猫头鹰，指着让他看在角落里长出来的那一堆令人恶心的毒蘑菇，于是猫头鹰顺着手指的方向朝下看了看，他也有些吃惊，因为出现这些情况他当初一点儿也不知道。然而接着他却故意发出了一声嘲笑，硬说这是他洗澡时用的海绵，还说如果谁连这种很普通的海绵都没见过，难免会要大惊小怪的。

袋鼠妈妈有些愤愤地刚说了一声"啊"！小袋鼠赶快地插进来大声嚷嚷："我要看看猫头鹰的海绵！噢，在这儿呢！噢，猫头鹰！猫头鹰！那根本不是海绵！而是一些烂棉花套子！你懂得什么是——"

袋鼠妈妈一边赶紧叫"小袋鼠乖乖"！一边制止他，不让他再说下去，因为对于有教养的人来说，是不能那样说话的。

菩和小猪一来，大家都非常高兴，他们停下手中的活，一方面是想暂时休息一下，另一方面也是想听听菩做的新歌。

他们听完菩的新歌后，都称赞说这有多好啊，小猪却故意满不在乎地说："菩做的还不错吧？我的意思是说，还像一支歌吧？"

菩转过头问道："猫头鹰，新房子怎么样了？你找到新房子了吗？"

克利斯多弗·罗宾衔着一根草，慵懒地说："他已经找到了一个名字，现在缺的只有房子了。"

"我要把将来的新房子称做，"猫头鹰开始郑重其事地说，他给大家展示了一下他以前做的不知是什么东西，那是一块方方正正的木头板儿，上面写着新房子的名称：猫鹰居。

正当他高兴的时候，突然不知什么东西从树林里出来，把猫头鹰给撞了一下，木板也掉在了地上，小猪和小袋鼠连忙弯下腰去捡木板。

猫头鹰生气地抬头一看说："哦，是你呀！"

"你好，老驴，"兔子说，"原来你在这儿啊！你刚才上哪儿去啦？"

老驴对大伙儿理都没理会。他只淡淡地说："克利斯多弗·罗宾，早上好！"说着把小猪和小袋鼠拨拉开，不管不顾地一屁股坐在"猫鹰居"那块牌子上，"这儿就只有咱们俩吗？"

"对！"克利斯多弗·罗宾说着，自己偷偷地笑了笑。

"我听说了——消息已经传到我住的那个森林的角落了……就在森林最右边那块极其潮湿的、又没人要的地方——听说有谁正在找一所房子。我已经替他找到一所合适的房子啦。"

"啊！好极了！"兔子跑过来和善地说。

老驴慢腾腾地扭过头把兔子上下打量了一遍，然后又把脸转向克利斯多弗·罗宾。

"似乎有什么东西在跟咱们乱搅和，"他虽然说的是悄悄话，但是声音却很大，"不过没关系。咱们可以把他甩在后面。克利斯多弗·罗宾，你如果愿意跟我来，我就让你看看那所房子。"

克利斯多弗·罗宾于是一下子跳了起来。他说："来啊，菩。"

小袋鼠也跟着说："来啊，小老虎。"

兔子接着说："猫头鹰，咱们一起走吧？"

"等一等！"猫头鹰把刚才给大家看的那块告示牌子，小心翼翼地捡了起来。

老驴却连忙挥手叫他们都回去。他说："克利斯多弗·罗宾现在要和我去散散步，不需要很多人挤在一起。假如他喜欢把菩和小猪带在身边的话，那我也愿意叫他们陪着。但是，总得叫人能透口气来。"

"没关系，"兔子说，他倒宁愿留下来负责干点什么，"咱们继续往外面搬东西吧！现在嘛，小老虎，你找找绳子在哪儿？怎么啦，猫头鹰？"

猫头鹰此时发现他在新居用的那块木头牌子，被老驴弄得一塌糊涂。他气愤地冲着老驴使劲地咳嗽。但是，老驴却对那个写着"猫鹰居"的牌子看都不看，不屑一顾地跟他的朋友们扬长而去。

不大一会儿，老驴就把他们带到那所新房子跟前。

在他们去的路上，小猪碰一下菩，菩也碰了一下小猪，不停地嘀咕着："是这儿！""不会的。""真是这儿！"……直到他们到达以后，才确定真是这儿。

"就是这儿！"老驴得意地说，他叫大家在小猪的房门口停下来，"这上面即有名字，还有各种东西。""噢！"克利斯多弗·罗宾惊讶地大喊起来。他真有些哭笑不得了。"这就是你给猫头鹰找的新房子。小猪，你认为怎么样？"

小猪表现出从未有过的一种高尚，他感觉自己就像在梦中一样。他忽然想起了菩歌中所有歌颂他的那些诗句。于是他大大方方地说："不错，如果这就是给猫头鹰准备的房子，我希望他能在这里面生活得很愉快。"说着他的嗓子里好像卡住了什么东西，因为在这之前，他的确在这房子里面曾经生活得很愉快。

"克利斯多弗·罗宾，你觉得怎么样呢？"老驴有点着急地问，因为他觉得事情有些蹊跷了。

克利斯多弗·罗宾想先问老驴一个问题，正在琢磨该怎么个问法。

"嗯，"他终于开口说话了，"这是一所很精致的房子。如果你自己的房子也被刮倒了，你就得去别的地方住，是不是，小猪？"

小猪来不及细想，菩就替他回答了："他会到我家来，跟我住在一起。你愿意吗？小猪。"小猪感激地、紧紧地握住菩的熊掌，说："你真是我的好朋友，我太感动了，菩。"

在迷境中

谁都没有想到，有那么一天，克利斯多弗·罗宾居然要离开森林了。谁也不知道他要离开的原因，谁也不知道他将要去哪里；实际上，就连这件事如何传开的恐怕也没有人知道。

但是，无论怎样，森林里的所有的人都觉得这样的事早晚是要发生的。甚至就连兔子的一位叫"最最小"的亲友，也跟自己说，情况有变化，也许早一点儿，也许晚一点儿，但是早晚要变的。

这一天，兔子觉得再也不能等下去了，于是，他就想出了一张"通告"，内容如下：

注意：在菩角将召开全体大会，通过一项决议。按顺序左边走。兔子签字。

他一共写了两三遍，才把他想说的话写清楚。

他好不容易写成了，就匆匆忙忙拿去念给大家听。大家都同意来参加。

那天下午，老驴看见大家都朝他的房子方向走来，就惊奇地说："喔，这真是出人意料啊，难道我也被邀请了么？"

兔子跟菩低声说："甭管老驴说什么，因为早上我已经跟他把通知说过了。"

大家都来问候老驴："你好！"老驴却说他并不怎么好，不过也没什么关系。于是大家都坐下来。

等到大家都坐好，兔子才站起来，说："咱们大家都已经知道为什么到这儿来了。我已经邀请我的老朋友老驴——"

"就是本人，"老驴神气地说，"太好了。"

"我已经请他提出了一项决议。"兔子赶忙坐下来，对老驴说，"现在，老驴……"

只见老驴慢吞吞地站起来，说："别催我！"他从耳朵后面拿出一张叠得完好的纸条，打开它，念道："人们对这件事都还一无所知，这可是一件非常意外的事。"他故意清了一下嗓子，当然是显得很郑重的样子，接下来又说，"闲话少说。我这里有一首诗要读给大家听。到现在为止——我的意思你们明白吧！——到现在为止，就像我说的那样，森林中所有的诗歌，都是菩写的。菩是个很讨人喜欢的熊，但是头脑却简单得让人吃惊。我下面将要念给你们听的这首诗，是我本人在一个非常安静的时刻写的。如果你们哪一位帮忙把小袋鼠的眼睛拨开，再把猫头鹰推醒，咱们就可以一起来欣赏一下了。咱们将要欣赏的这篇东西，我把它称做诗篇。以下就是：

克利斯多弗·罗宾要走了。

至少我认为他要走了。

去哪里？

没人知道。

可是他就要——

我是说他就要走了。

（"走了"与"知道"押韵）

我们是否在意？

（"在意"与"哪里"押韵）

是的，

非常！

（这儿押不上韵，糟糕！）

（这儿也押不上韵，糟糕！）

只好让"糟糕"跟"糟糕"

互相押韵了。

事实比我想的更难，

我应该——

我应该重新开头，

不过，不如就此停住。

再见，克利斯多弗·罗宾，

我，

我和你所有的朋友，

献上——

我是说所有你的朋友献上！

（这儿总是很别扭）

啊，怎样说才好呢？

我们献上我们对你的爱！

完了。

等到老驴念完这些，他就迫不及待地说："现在可以鼓掌了，谁要想鼓掌就鼓吧！"

大家听了全都鼓起掌来。

"谢谢大家，"老驴满意地说，"真让人觉得意外，真让人兴奋，要是刚才念得更响亮一些就更好了。"

菩说："你比我写的诗好多了！"他的话发自内心。

"啊，"老驴谦虚地说，"本来就该这样的。"

兔子说："现在该说'决议'的事了，咱们都在这里签个名，然后再拿给克利斯多弗·罗宾。"

于是大家一个个地在诗歌上签了名，菩、猫头鹰、小猪、老驴、兔子、袋鼠妈妈；轮到小老虎，他在上面弄了一滩墨渍（zì），小袋鼠也弄了一滩墨渍。

然后，大家带上签好名的纸一同来到克利斯多弗·罗宾家。

"你们好！各位——"克利斯多弗·罗宾向大家打着招呼说，"你好，菩。"

大家都向他说"你好"，但是突然间又都觉得心里很别扭、很难过。因为来到这里就等于要对罗宾说"再见"了，而他们心里却很不情愿这样说。于是他们就都沉默地待在一旁，都等着别人先说话。

他们互相推来推去，说："去吧去吧！"渐渐地，老驴被大家推到了最前面，其余的人在他的身后拥挤着。

"什么事呀？老驴。"克利斯多弗·罗宾好奇地问。

老驴先把尾巴"嗖嗖"地来回甩动了两下，好像在给自己壮胆、鼓气，然后才开始鼓起勇气说："克利斯多弗·罗宾，我们到这儿来是想和你说……给你……那个叫作……著作人是……可是我们全都……因为我们都听说，我是说我们都已经知道了……呃，你瞧，就是——我们——你——呃，那个，直截了当说吧，那个就是这个。"

他实在不知道说什么好了，于是就干脆把他的著作"诗篇"交给了克利斯多弗·罗宾，随后就迅速扭过身子朝大伙儿生气地说："你们在我身后全都挤得要命。一点空隙也没有了。你们这么多动物这样挤法，待的真不是地方，你们这个乱劲我还从来都没有见过。难道你们都不明白克利斯多弗·罗宾想清静清静么？我要走了！"说着他就气冲冲地走开了。

大家都被说得摸不着头脑，也开始一个个悄悄地溜走了。克利斯多弗·罗宾读完那个"诗篇"，当他抬起头来想对老驴说"谢谢你"的时候，眼前只剩下菩一个人了。

"大家真有意思！"克利斯多弗·罗宾一边说着，一边把那张纸折叠好，装进了口袋，说了声，"来吧，菩！"就和他一起走开了。

"咱们去哪儿？"菩急忙跟在他身后，不知道罗宾是要去冒险，还是想做别的什么事情。

"哪也不去。"克利斯多弗·罗宾说。

他们走了一段路，克利斯多弗·罗宾说："菩，你最喜欢做的事情是什么？"

"哦，"菩说，"我最喜欢——"他停下来想了想。对于菩来说虽然吃蜂蜜是一种非常好的事儿，可是在想到吃以前的那一会儿感觉比吃到嘴里还要好，不过此时他不知道那该叫什么。接着他又想到跟克利斯多弗·罗宾在一起也是件很令人高兴的事，要是有小猪在跟前会觉得更亲切……

于是，他在深思熟虑之后就坚决地说："我最最喜欢的事就是：在一个天气宜人、小鸟唱歌的好日子里，我跟小猪一起来看你，然后你对我们说'吃点什么好吗？'我就说'好啊，我可以吃一点，然后再问小猪，你呢'……"

克利斯多弗·罗宾说："我也非常喜欢这样，但是，我最喜欢的是什么也不做。"

菩听他这么一说，觉得很纳闷，琢磨了好半天才说："你怎么能什么也不干呢？"

"呃，这就是说，如果赶上你要出门干什么的时候，有人会问你'克利斯多弗·罗宾，你干什么去'？你回答'哦，不干什么'，然后你就什么也不干了。"

"噢，我明白了。"菩自言自语地说。

"咱们现在就是什么也没干的呀！"

菩又说："噢，我现在明白了。"

"我的意思就是：到处走走，听听，看看，长点见识，没有任何烦恼。"

菩答应道："哦！"

他们继续向前走着，一边聊着一边想着这事、那事，不久，他们就来到森林尽头一处迷人的地方，这个地方叫做"船帆林"，是由六十多棵树围成的圆圈儿。

克利斯多弗·罗宾知道，这个地方之所以迷人，就是因为从来也没有人能够数得清，究竟是六十三棵还是六十四棵树，即使用一根绳子把数过的树全都拴起来，也还是数不清。它迷人的地方，还在于它的地面也和其他的森林不同，既没有金雀花，也没有蕨类，没有石楠，这里覆盖着厚密的青草，远远望去一片碧绿，像铺了一层绿绒毯，显得既光滑又宁静。

这里是森林中最安静美丽的地方，你可以整天无牵无挂地静静坐在那里，再也用不着想着站起身来去寻找其他什么更好的地方。坐在那儿，可以放眼看到整个世界向外延伸，直至天际，所有一切的一切，都尽收眼底。

与克利斯多弗·罗宾在一起的这一刻，他给菩讲了好多事情：什么是"国王"啦，什么是"王后"啦，什么叫做"因素"啦，还说起有个地方叫做"欧洲",那儿的海里有一个小岛从来没有人去过,以及讲到怎样做抽水泵(如果你想做的话),骑士受封(就是被授予骑士称号)是怎么回事,还有什么来自巴西,等等。

而菩呢,他安静地背靠着那六十多棵树当中的其中一棵树,把两个前掌在胸前一搭,一会儿赞同地说"哦!"一会儿又好奇地说"我不知道。"同时他还不时地想着:如果自己也有个真正聪明的头脑,能够说出来好多事情,那该有多好啊!

渐渐地,等到克利斯多弗·罗宾把那些个事情都说完了,两个人就静默了下来,然后就坐在草地上向森林远处眺望,多么希望眼前的这个世界一切都不要停止啊!

菩也在出神地想着,突然,他问克利斯多弗·罗宾:"你刚才说的那个'骑食'是个很了不起的东西吗?"

"骑什么?"克利斯多弗·罗宾此时正在倾听着森林里其他的声音,懒洋洋地问道。

"是骑着马吗?"菩进一步好奇地问。

"你说的是骑士?"

"哦,是不是?"菩说,"我还以为那是一个……你刚刚说的那个骑士跟'国王'啦,'因素'啦,还有所有那些个东西,都同样伟大吗?"

"嗯,他没有国王那么伟大,"克利斯多弗·罗宾说。说完以后,他看到菩似乎有些扫兴,就赶忙加上一句:"可是它要比'因素'伟大一点儿。"

"熊也能当骑士吗?"

"当然能啦!"克利斯多弗·罗宾说,"我现在就来封你做一个骑士。"于是他就郑重其事地拿起一根木棍碰了碰菩的肩膀,说,"平身,菩熊爵士,你是我最忠诚的骑士。"

于是菩就站立起来,然后又坐下说:"谢谢您!"这是一个人被封为一个骑士以后,要说的那种专用术语。接着他仿佛又进入到了梦境。在梦中,他跟那些刚才提到的"水泵爵士","巴西爵士",还有"因素"等等住在一起,每人都骑着一匹马,共同效忠于英明的国王克利斯多弗·罗宾（只有"因素"例外，因为他是喂马的）……

可是，没过多大一会儿，他又摇摇头，自言自语地说："我没搞对。"他想着等克利斯多弗·罗宾外出回来以后还将会跟他讲什么。他是否还会想到：一个头脑简单的小熊，要把他讲的话全都能听得懂，记得住，这太难了，非搞乱了不可。接着他又对自己说道："也许，克利斯多弗·罗宾不会再跟我多讲什么了。"他自己也搞不清楚怎样做一个忠诚的骑士，是不是只要"忠诚"就够了，不需要再听别人讲什么事了。

这时，一直用手托着下巴坐在草地上眺望远方的克利斯多弗·罗宾，忽然喊起来："菩！"

"怎么了？"菩忙回答。

"菩！当我——当——"

"说呀，克利斯多弗·罗宾。"

"我再也不，什么事都不干啦！"

"再也不？"

"嗯，不能总是这样，别人不让。"

菩想等着他继续讲下去，但是他欲言又止了。

"说呀，克利斯多弗·罗宾。"菩鼓励他。

"菩，当我——你知道——当我不再什么事都不干的时候，你还乐意来这儿吗？"

"只有我一个吗？"

"是的，菩。"

"你也会来这儿吗？"

"是的，菩——我真的会来的。我答应，我会来的，菩。"

"那就好啦。"菩欣慰地说。

"菩，你要答应，永远不要忘了我，甚至到我一百岁的时候，也别忘记我啊！"

菩稍稍想了一下。"那时我将会是多少岁呢？"

"九十九岁。"

菩郑重地点点头，说："我答应。"

　　一直眺望着远方世界的克利斯多弗·罗宾，这时伸出一只手抚摸着菩的手掌。"菩，"克利斯多弗·罗宾热情地说，"假如我——假如我不太——"他又犹豫地停了一下，接着说，"菩，不管任何情况，你都要了解啊！行吗？"

　　"了解什么？"

　　"啊，没什么。"他哈哈大笑着，一边跳起来说，"来吧！"

　　"我们去哪儿？"菩问。

　　克利斯多弗·罗宾说："随便哪儿都行。"

　　于是他们又一起出发了。无论去哪儿，不管路上将会发生什么情况，就在那个我们已知的森林里，那个可爱的小男孩和那个聪明的小傻熊将会永远在一起，幸福地生活下去。

小小旅行家

[英] 莫德·林赛　等著

杀死巨人的杰克

据说在亚瑟王当政的时候，在一个名字叫做康沃尔的地方，住着一个名叫杰克的小伙子。他是个非常有胆魄的人，他最喜欢听或者阅读关于魔术师、巨人和仙女的故事，常常聚精会神地听人们讲亚瑟王的圆桌骑士的事迹。

那时候，在康沃尔附近的圣米切尔山上，居住着一个巨人，他的身高足有十八英尺，腰围有九英尺宽，他有一张凶恶的脸，不管任何人见了他都会吓得连滚带爬。他住在山顶上一个阴森森的洞里，还经常下山涉水到平地去搜寻猎物。

他力大无比，能一下子背起六头牛，还能把十八只羊和十八头猪绑在腰间，然后带着它们回到他的住处。巨人就这样一个人生活了很多年，人们对巨人既怕又恨，于是杰克下决心要替大家消灭他。

在一个冬天的晚上，杰克独自一人带上一只号角、一把铲子、一把镐、一副盔甲和一盏黑色的油灯，出发到山上去了。他首先在山上挖了一个大约二十二英尺深、二十英尺宽的坑。然后再把洞口盖得好好的，看上去就像平地一样。

一切准备就绪后，接着他拼命地吹响了号角，巨人被这突如其来的号角吵醒了，愤怒地跑出了洞口，大声叫道："是哪个无赖！你会受到惩罚的。我要把你活活地剥皮烤了，当做我的早饭！"他话音未落，刚向前迈了一步，就一头栽进了那个坑里，杰克抡起铁镐朝他的头上狠狠地砸下去，几下就打死了他。

杰克喜悦地回到家里，把打死巨人的这个消息告诉了所有的朋友们，大家听后都非常高兴。

在不远的地方，另外还有一个巨人，名叫布朗德博，当他听说巨人被打死的消息后，他就发誓要向杰克报仇。这个巨人住在魔堡里，它坐落在一片孤零零的树林中央。

在巨人被打死后的某一天，杰克无意中经过了那片树林，因为走得又累又困，于是就坐下来，后来就不知不觉地睡着了。刚巧希朗德博巨人走过，他看见了杰克，于是把他抓到了城堡，将他锁在一个大房间里，在这个房间的地板上布满了男男女女的尸体、骷髅和骨头。

紧接着，巨人叫来了与他同样巨大的弟弟。他们一起商量着要来吃杰克的肉。

杰克从囚房的铁栅栏里看见这两个巨人正朝他走来，心里不由得害怕极了。正在这时，杰克突然发现在墙角里有一根很结实的绳子，便壮起胆子，在绳子的两头各打了一个活结，随后从窗口甩出去，正好套住了两个巨人的头，他赶紧把绳子缚在窗栅栏上；然后使尽全身力气一拉，就把两个巨人活活绞死了。直等到他们脸色发黑后，他才顺着绳子从窗口滑了下去，然后用刀刺进了他们的胸膛。

接着，杰克从布朗德博口袋里搜出了一大串钥匙，于是再次走进了城堡。他把每个房间都仔细地搜了一遍，在其中一个房间里，他发现三个女人被她们的头发绑着，几乎快要饿死了。她们用微弱的声音对杰克说，她们的丈夫都被巨人害死了，巨人们逼着她们吃自己丈夫的肉，她们不肯，于是巨人就决定活活饿死她们。

"夫人们，"杰克怜悯地说，"那个妖怪和他的弟弟已经被我干掉了。我要把这座城堡和它里面所有值钱的东西都留给你们，作为你们所受痛苦的补偿。"

说完，他就有礼貌地把城堡的钥匙交到了她们手里，自己又踏上了去威尔士的路。因为杰克身上已经没有多少钱，所以他只能尽快地赶路。经过长途跋涉，最后他终于来到一座漂亮的房子前。

杰克轻轻地敲敲门，只见一个威尔士巨人走了出来。杰克说自己是个迷路的赶路人，巨人很友好地对他表示欢迎，领他走进了一个房间，房间里有一张非常舒适的床。

杰克心里很感激，他很快就脱掉衣服，但是尽管他已经很累，却仍然无法入睡。

忽然他无意中听见巨人在隔壁房间里走来走去的声音，而且还在自言自语：

今晚你跟我同住一屋，

你别想再见到明日的晨光，

我的大棒要叫你脑袋开花。

"这是你说的吗？"杰克想，"你就想这样对付一个赶路人吗？但是我要让你见识我并不比你傻。"

随后，他悄悄地下了床，在房间里不停地搜寻，最后在角落里找到了一块厚木板。于是他把它放在床上，自己则偷偷地躲在一个角落里。

半夜时，巨人悄无声息地进了房间，突然抡起大棒朝着床上放木板的地方连击了好几下；然后又回到了自己的房间，他以为已经把杰克的骨头全都打断了。

到了第二天早晨，杰克依旧壮着胆子走进巨人的房间，向他感谢对自己的留宿。巨人见到杰克站在自己面前，大吃一惊，结结巴巴地说："哦！天哪！是你吗？你昨晚到底在哪里睡的呀？你在半夜里听见或者看见什么没有？"

"没什么值得一提的，"杰克故意装作漫不经心地说，"我想也许是只耗子吧，它用尾巴在我身上扫了三四下，让我受了点骚扰，但我很快又睡着了。"

巨人听他这么一说更惊讶了，但他却一句话也说不出来，而是拿来两大碗玉米粥当做早饭。

杰克想要让巨人相信，自己也能吃得跟巨人一样多，因此他提前在衣服里面绑了个皮口袋，然后趁巨人不注意时偷偷地把玉米粥都倒进了口袋里，好像倒进自己的嘴巴里一样。

他们吃过了早饭，杰克对巨人说："现在我要让你见识一下我的本领。我只要轻轻一碰，就能治好所有的伤口，而且，我不用一分钟就能摘下自己的头，紧接着又可以把它重新好好地装在我的肩上。我先给你做一下示范。"说完他手中抓住了刀，割破了那只皮口袋，所有的玉米粥倾刻间都倒在了地板上。

威尔士巨人一看觉得自己输在这么个小不点身上，简直羞得无地自容，他愤怒得嗷嗷直叫，猛地举起了大刀，插进自己的肚子里，随后当场倒在地上，死了。

杰克一连打死了好几个巨人，他决定今后不能再虚度岁月，而要成为有所作为的高手。于是他备了一匹马，戴上一顶象征身份的帽子，腰里插着一把锋利的刀，足蹬一双快鞋，身穿一件隐身衣，在他看来这样的装扮更有利于他即将从事的神奇的事业。

他不停地在高山上到处搜寻巨人，到了第三天，他来到了一座大森林，他要从这个森林里穿过去。

他刚走进森林，就看见一个巨人凶狠拽着一个英俊的骑士和他妻子的头发。杰克立即跳下马来，悄悄地把它拴在一棵栎树上，然后穿上隐身衣，抽出了那把锋利的刀。

他迅速地跑到巨人面前，向他连续砍了几刀，但却够不到他的身体，只是在他的屁股上砍伤了几处；直到最后，杰克双手紧紧地握住刀，用尽全身的力气，猛地砍掉了他的双腿。然后，杰克用力踩着他的脖子，把刀捅进了他的肚子；巨人痛苦地吼了一声，随后就断气了。

被欺侮的骑士和他的妻子对杰克的救命之恩千恩万谢，并邀请他到他们家里去，让他接受一份应得的酬劳。

"不，"杰克坚决地说，"不找到这些巨人的老窝，我是不会放心的。"最后，他根据骑士的指点，翻身骑上了马，与他们告别。

跑了一段路后，又见到了另一个巨人，他正坐在一根大圆木上，等着他兄弟回来呢。杰克立刻又跳下马，再次穿上隐身衣，朝巨人悄悄走过去，接着挥刀就砍，但是可惜砍偏了，只砍掉了巨人的鼻子。巨人抓住了一根棍子，拼命地四下里挥舞着。

"住手，"杰克大声说道："否则我马上就要你的命！"说着，杰克迅速跳上圆木，朝那个巨人的背后用力砍去，巨人立即倒地而死。

随后，杰克又满怀信心地继续赶路，翻山越岭，又来到了一座高山脚下，在他眼前有一座孤零零的房子，他走过去敲了敲房门，这时，一位老隐士打开了门，并让他进了屋子。

杰克坐下后，老隐士关切地对他说："我的孩子，在这座山顶上，有一座魔堡，里面住着一个叫加里干特斯的巨人和一个邪恶的魔术师。有一个公爵的女儿，在到她父亲的花园里去玩时被他们抓走了，并且把她变成了一头鹿带到了这里，我真为她感到悲伤。"

杰克向老隐士保证说，等到天亮，他要冒着生命危险去打破那个魔力，把公爵的女儿救出来。

于是他很早就躺到床上酣睡了一觉，第二天早早地就起了床，穿上隐身衣，做好了出发的一切准备。他用最快的速度爬上了山顶，看见有两只凶恶的秃头鹰挡住了前面的去路，但是他无所畏惧地从它们中间走过去，因为他穿着隐身衣，它们根本就看不见他。

来到魔堡的门口，他看见门上挂着一只金喇叭，喇叭下写着这样两行字：

谁能吹响这只喇叭，

就会征服巨人。

杰克一看，马上高兴地抓住喇叭，"嘟……"，吹出了一串尖利的声响，魔堡的门立刻应声而开，整个魔堡都在颤抖。

巨人和魔术师知道他们的末日就要到了，他们紧紧地站在那里咬着自己的拇指，被吓得瑟瑟发抖。杰克连忙挥起锋利的大刀，一下子就砍死了巨人，这时魔术师被一阵旋风卷走了，所有被变成鸟和野兽的骑士以及他们的夫人都恢复了原形。

此刻的魔堡忽地化为一阵烟不见了，杰克将巨人加里干特斯的头割下来，要送给亚瑟王。

当天晚上，骑士和夫人们就住在老隐士的家里，第二天他们就一起出发去了王宫。杰克来到亚瑟王面前，向国王陛下叙述了他所有的惊险战斗的经过。从那以后，杰克的勇敢事迹名扬全国，国王传下旨意，要求公爵把女儿嫁给他，全国上下一片欢腾。

在以后的日子里，国王又赐给了他大量的地产，从此他和妻子心满意足地度过了余年。

杰克和豆茎

[英] 约瑟夫·雅各布斯　著

在很久很久以前的英国，有一个贫苦的老妇人和她的独生子杰克两个相依为命，他们还有一头叫做奶白的母牛。他们母子俩全靠母牛每天早上挤出的牛奶过活。他们每天都把牛奶运到市场上卖掉之后，再换点吃的东西带回家。

但是这一天早上，奶白突然挤不出牛奶了，他们都手足无措，不知道该怎么办才好。

"我们该怎么办呢？我们该怎么办呢？"老妇人搓着手指忧心忡忡地说。

"别担心，母亲，我去外面找点活儿干吧。"杰克安慰她说。

"我们在以前不是已经试过了吗？不会有人要你的。"他的母亲伤心地说，"我们只有把奶白卖了，凑点儿钱开一家小店或者干点儿别的什么小生意。"

"那好吧，母亲。"杰克说，"今天正好是赶集的日子，我去把奶白卖了，然后我们再看看能干些什么吧。"

于是他牵着牛绳，赶着奶白动身了。

但是他刚走不远，迎面就碰到一个模样很奇怪的老头儿。只见那个老头儿对他说："早上好，杰克。"

"早上好。"杰克有礼貌地回答道，但他心里却感到奇怪，那个老头儿是怎么知道他的名字的?

"喂,杰克,你到哪儿去?"老头儿问。

"我现在去集市上把我们的这头母牛卖了。"

"啊,你看上去是一个会卖牛的小伙子,"老头儿称赞他说,"但是我想问你,是否知道在我身上有多少粒豆子加起来等于五呢?"

"每只手里各两粒,另一粒在你的嘴里。"杰克精明地说。

"你说得很对,"老头儿高兴地说,"它们在这儿,我们所说的豆子都在这儿。"他说着从口袋里掏出几粒样子显得很奇怪的豆子,"因为你很聪明,所以我愿意用这些豆子换你的牛。"

"走吧,"杰克说,"我才不干呢。"

"嗨!你可不知道这些是什么豆子,"老头儿说,"如果你隔夜把它们种在地里,第二天早上它们就能长到天上去。"

"是真的吗?"杰克疑惑地问道:"你说的是真的吗?"

"是真的,如果这不是真的,你可以把你的牛再要回去。"

"那好吧。"杰克说着把牵着奶白的缰绳递给了老头儿,又从老头儿手中接过豆子把它们装进了口袋里。

随后杰克就朝家里走去。因为他并没有走多远的路,所以当他到家时离天黑还早着呢。

"杰克,你这么快就回来了?"他的母亲问,"你没有把奶白牵回来,那就是说你已经把它卖了,你卖了多少钱?"

"您永远也猜不到,母亲。"杰克神秘地说。

"不,好孩子,你别这么说,是 5 镑? 10 镑? 15 镑? 不,难道是 20 镑?"

"我告诉您,您猜不到的。您认为这些豆子怎么样? 它们是几颗神奇的豆子,如果把它们种在地里,然后隔夜——"

"什么!"杰克的母亲生气地说,"有你这样的傻孩子吗? 为了这几粒一文不值的豆子,你竟然把奶白白白地送掉了? 看我把你的这些宝贝豆子都扔到窗外去。你现在就上床睡觉去! 今晚我什么也不给你吃,不给你喝。"

　　杰克有些委屈地上了楼，走进了他在顶楼的小房间里。

　　此时，他感到非常难过，一是因为他的做法，惹得母亲生气了，二是他没有吃上晚饭。

　　最后他终于倒在床上迷迷糊糊地睡着了。等到他第二天早上醒来时，他的房间显得很奇怪。太阳光只照进了房间的一角，而其余部分的地方却格外阴暗。

　　杰克立即从床上跳了起来，穿好衣服走到了窗子前。你猜猜他当时看到了什么？他母亲扔到窗外的那几粒豆子已经发芽长大，高大的豆茎一直长到了天上。原来那老头儿说的真是实话。

　　豆茎离杰克的窗子很近，所以他只需要打开窗子，就可以一下子跳到豆茎上。豆茎像一架大梯子，杰克沿着它可以毫不费力地往上爬。他爬啊爬啊，最后竟然爬到了天上。

　　在那里他看到了一条笔直宽阔的大路出现在面前。于是，他沿着这条路继续往前走。他走啊，走啊，最后来到了一幢高大的屋子前。只见有一个身材极其高大的女人正站在那儿的台阶上。

　　"早上好，夫人，"杰克礼貌地问好，"你能行行好，给我吃点早饭吗？"因为昨晚他什么也没吃，肚子早就饿得咕咕叫了。

　　"你要吃早饭，是吗？"那个身材高大的女人说，"如果你还不从这儿走开，你马上就会变成一顿早饭了。我的丈夫是一个专门吃人的妖魔，他最喜欢吃的就是吐司加烤小孩。你最好还是赶快走开，过不了多会儿他就要来了。"

　　"啊！夫人，请给我一点吃的东西吧。自从昨天早上以来我还没有吃过一点儿东西呢。我说的是真的，夫人。"杰克继续恳求道，"我宁愿被烤了吃也不愿被活活饿死。"

　　那妖魔的妻子心肠倒是很好，她把杰克带到了一个厨房里，给了他许多面包、奶酪和一罐牛奶。

　　还没等杰克吃完，突然听到一个人迈着沉重的步子向屋子这边走来了。那人沉重的脚步声使整幢屋子都颤动起来。

　　"我的天！是我的丈夫来啦。"妖魔的妻子不安地说，"我究竟该怎么办呢？快到这儿来，跳到这里面去。"她刚把杰克塞进烘烤箱，妖魔就走了进来。

不说你也能知道，他长得又高又大。在他的腰带上还挂着两头小牛。

他随手将它们解下来，扔到了桌子上，然后说："老婆子，给我烤两头牛当早饭吃。啊！我闻到了什么？我闻到了一个孩子的气味。"他一边说着一边朝四下里嗅着。

"亲爱的，别胡说八道。"他的妻子故作轻松地说，"你是在做梦呢，也许是你闻到了昨天晚饭时你吃剩的那个孩子的气味。你还是先去洗洗脸吧，等你再回来时，早饭也就为你准备好了。"

妖魔顺从地离开了，杰克正想从烘烤箱里跳出来再溜走，但那女人却叫他不要走。"等他睡着了之后再走吧，"她说，"他总是在吃完早饭之后打个盹的。"

果然，妖魔吃过早饭以后，走到了一只大箱子前，从里面取出了几袋金子，接着他原地坐下数了起来。渐渐地他不知不觉睡着了，而且还发出了隆隆的鼾声，那声音大得能使整幢屋子抖动起来。

杰克悄悄地踮起脚尖从烘烤箱里爬了出来，当他从妖魔身边经过时，顺手拿了一袋金子。他回到豆茎前，随手把金子扔了下去。然后他又沿着豆茎原路爬回了家里。

他把所发生的事情的经过告诉了他的母亲，并把那些金子拿给她看。他高兴地说："瞧，母亲，我换豆子换对了吧？它们真是神豆呢，你瞧。"

于是，他们母子俩靠这袋金子过了一段日子，但是最后他们还是把金子都用完了。杰克决心再去碰一次运气，到豆茎顶上去弄点儿值钱的东西。

在一个阳光明媚的早晨，他很早就起了床。他又跳到豆茎上，然后一直向上爬啊，爬啊，又来到了那条大路上，并且又走到了那幢高大的屋子前。这回，那个身材高大的女人依然站在屋前的台阶上。

"早上好，夫人。"杰克重新鼓起勇气说，"你能发发善心给我点食物吗？"

"快走吧，我的孩子，"那个身材高大的女人说，"否则我的丈夫会把你用来当早饭吃掉的。你是不是以前来过？你知道，那天，我的丈夫丢了一袋金子。"

"那太奇怪了，夫人，"杰克故作镇静地说，"我可以告诉你有关这件事的一些情况，但是我现在实在太饿了，等我吃一点儿东西之后才能告诉你。"

身材高大的女人听他这么一说，很好奇，于是她把他带进了屋，并且又给了他一些吃的东西。

但是杰克刚开始吃，他们又听到了妖魔那沉重的脚步声。他的妻子赶紧把杰克再次藏到了烘烤箱里。

一切又像以前那样，妖魔走了进来，等他吃过了早饭之后，对他的妻子说："老婆子，给我把那只下金蛋的鸡捉来。"他的妻子很快把鸡捉来抱到妖魔的面前，只见妖魔对那只鸡说："给我下蛋。"就见那只鸡马上听话地下了一个金蛋。

接着，妖魔又打起了瞌睡，他的鼾声把整幢屋子都震动了。

杰克又悄无声息地从烘烤箱里爬了出来，他一把抓住了那只鸡，转身就溜出了屋子。但是他正准备离开时，那只鸡叫了一声，立刻把妖魔惊醒了。

杰克在屋子外面听到他对他的妻子大叫："老婆子，老婆子，你把我的鸡弄到哪儿去了？"

他的妻子慌忙回答说："怎么啦，我亲爱的？"

杰克听到这儿，立刻奔向那棵豆茎，然后飞快地沿着它爬了下去。

当他回到了家后，他把那只会下金蛋的鸡拿给了母亲看，并对鸡说："给我下蛋。"一只金蛋立刻出现在他们眼前。每当他说一声"给我下蛋"时，那只鸡就会下一只金蛋。

但是杰克并没有感到满足。没过多久，他决心再一次爬到豆茎顶上碰碰运气。因此，他又选了一个晴朗的早晨，很早就起了床。他攀住豆茎往上爬啊，爬啊，一直爬到了顶上。这一次他并没有直接走到那屋子的大门口，而是悄悄地躲在一丛灌木中等候着，当他看到妖魔的妻子提着一只水桶去取水时，他就偷偷地溜进了屋子，钻进了一只大铜锅里。

他在那里刚待了一小会儿，就听到妖魔迈着沉重的步子和他的妻子一起走了进来。妖魔一进屋子就大叫了起来："我闻到了一个孩子的气味。老婆子，我闻到了他的气味。"

"是吗，我亲爱的？"妖魔的妻子说，"如果是偷了你的金子和那只会下金蛋的鸡的那个小无赖，那么，他一定藏在那只烘烤箱里了。"

他俩一起朝烘烤箱扑去。幸运的是，杰克这次并没有藏在那儿。妖魔的妻子说："哎呀，一定是你昨晚抓到的那个孩子，我已把他烤熟，让你当早饭吃了。你这个人真是粗心大意，这么多年，连死的和活的都分不清。"

妖魔于是坐下来吃早饭，但是，他还不时地喃喃自语："嗯，我敢发誓——"他一边说着，一边又站起身来，在屋子里搜了一遍。幸运的是，他就是没有想到搜那只大铜锅。

等到吃完早饭之后，妖魔又对他妻子大声说："老婆子，老婆子，把我那张金竖琴搬来。"他妻子把那张金竖琴搬到他的面前，放在一张桌子上。然后他又对竖琴说："给我奏一曲。"那张金竖琴立刻奏出了悦耳动听的音乐。

金竖琴一直不停地奏着乐曲，妖魔听着音乐，不一会儿就呼呼地睡着了，他又发出了雷鸣般的鼾声。杰克偷偷地掀开大铜锅的盖子，仿佛一只小老鼠一样从里面爬了出来。他爬到妖魔的桌子前，抓起那张金竖琴就往门口奔去。

金竖琴大声叫了起来："老爷！老爷！"妖魔睁开眼睛一看，发现杰克正抱着他的金竖琴在向外面奔逃。杰克在前面拼命地跑着，妖魔则在后面紧追不舍。如果不是杰克先走一步，并且熟悉逃跑的路，估计他早就被妖魔抓住了。

当他来到豆茎前时，妖魔离他只有二十码远了。但是，一眨眼的工夫，杰克就消失了踪影。当妖魔走到大路尽头时，他发现杰克正在没命地往下爬。但是妖魔却不敢往下爬。他只好眼睁睁地站在原地等待着。

正在这时，那只金竖琴又叫了起来："老爷！老爷！"妖魔终于心一横，抓住豆茎爬了下去。他的重量使豆茎摇晃不止。杰克和妖魔一前一后地往下爬啊、爬啊，最后杰克在马上就要到家前大声喊道："母亲！母亲！快把斧子递给我，快把斧子递给我。"

他的母亲听见赶快拿着斧子奔了出来，但是当她来到豆茎底下时，她被眼前的一幕吓得站在那儿一动也不动了，因为她看到了妖魔的两只脚正穿过云层爬下来。

就在这时，杰克最先跳到了地上，他抓过斧子朝豆茎重重地砍了一下。妖魔感到豆茎剧烈地摇晃了起来，于是，他停下来看看究竟发生了什么事。接着杰克又砍了一斧子，把豆茎立刻砍成了两段，妖魔和豆茎一齐摔了下来。只见妖魔的脑袋被摔得粉碎，再也没有从地上爬起来。

杰克高兴地把那张金竖琴拿给他母亲看，母子俩都欣喜地笑了。有了这张金竖琴和那只会下金蛋的鸡，母子俩的生活开始变得非常富裕。不久杰克和一位公主结了婚，从此，他们一家三口过上了幸福的生活。

不愿待在铁轨上的火车

[英] 卡罗琳·D·埃默森　著

有一辆火车，在铁路上跑了很久很久，它对自己成年累月地待在铁轨上感到非常厌倦了。

"为什么我的一生就得在铁轨上不停地跑啊，跑啊，跑个没完没了呢？"火车忿忿地自言自语。

"你最好还是安分地待在上边，"铁轨听见了它的报怨对他说，"我之所以一直躺在地上就是为了使你能在我身上奔跑。假如每件东西都能待在该待的地方，那么这个世界上的一切都会按部就班，井井有条了。"

但是火车对铁轨的这一番话却不屑一顾。

"我再也不准备待在这儿了。"它边说边从铁轨上跳了下来，然后沿着大道径直地跑了起来。

"让开！"公路上的汽车气嘟嘟地叫道，"这条大道是为我们铺的，让开！让开！"

"没那么回事！"火车满不在乎地回答说，"大道上也有许多我能待的地方。"说完，它就顺着大道跑了下去。

跑到人们的屋子前，它停下来载上了旅客和箱子。过了片刻，它又在邮局门口停下来装上了邮包。接着，它又来到牛奶棚前，装上了一桶桶新鲜的牛奶。大家因为有了火车都很高兴，都觉得这要比扛着行李走到火车站方便多了，但火车在大道上却走得太慢了，以致于它的旅行永远无法结束。

人们焦虑地等待着他们的箱子，可它们从没有准时到达过；邮包里的信件也都过了时间，人们再也没有兴趣读它们；还有新鲜的牛奶也都变质发酸了，根本没有人愿意喝。从此人们再也不愿意把他们的东西放在火车上，而继续改用汽车来运送。

"瞧，这下可好了，"汽车得意地说，"再没人愿意用你了，你还是按照我们所说的那样，回到你的铁轨上去吧，这条大道不属于你。"

但这辆火车还是不愿意回到铁轨上去。这一天，它看见有一匹骏马从田野里奔驰而过。

"我为什么一定要待在大道上呢？"火车暗自问自己，"田野看起来也挺有趣的。"说着，它离开大道，驶进了田野。

"嗨！你不能来这儿！"骏马大声喊道，"这儿的田野是我的，快走！快走！"

"没那么一回事儿！"火车不屑一顾地说道，"田野里所有的地方都是我的。"话音刚落，火车便在田野里狂奔起来，它颠簸着来到一条小溪边。

"我怎么才能渡过这条小溪呢？"火车问那匹马。

"跳过去。"那马对它说。

"我这一生从来没有跳过，"火车沮丧地说道，"必须有那些大桥躺在我的脚下时，我才能开过去。"

"大桥？"马哈哈地笑了起来，"你最好还是回到你该待的地方去吧，铁轨才是专为你铺设的。"

可火车毫不理会马的劝告。这时，它忽然听见空中传来一阵嗡嗡的飞机声。

"噢，妙极了！"火车又说道，"为什么我只能待在地上呢？我要飞到天上去！"

"真是蠢货！"马又好气又好笑地说，"你连小溪都跳不过去，怎么能飞！"

火车听不进马的劝告，它还是想要飞。

于是，它抬起了前车轮试了试，又试着翘起了后车轮，最后它同时抬起全部的车轮试了试。这一折腾，把它累得精疲力尽，可它还是没能飞上天。

"唔，"火车自言自语地说，"看来好像不对劲呵，我真的不能飞。可当我在田野里行驶时，没有人愿意乘坐我；当我在大道上奔跑时，人们也不愿意把他们的箱子和邮包装在我的车厢里，他们说我跑得太慢，看来我似乎什么都干不了，也许我更应该停在这儿，然后把火灭掉，唉！没有人再会想我了！"

此刻火车感到非常孤独与沮丧，它觉得自己对于这个世界再没有任何可用之处了。

就在这时，突然有一个主意从它的蒸汽机的大脑中闪过。"我应该回到我的铁轨上去，"它暗自想道，"不知我的那些铁轨是否还在那儿？"

于是，它穿过田野，顺着大道回到了车站。

只见被它抛弃的铁轨仍然静静地躺在那儿，笔直地伸向远方。它们看上去还像以前那样的安全和光滑！当它再次爬回到铁轨上时，心中说不出的高兴。

"没有你我真寂寞啊！"铁轨激动地说，"我们非常担心你，如果以后再没有火车在我们上面奔跑了，我们就会生锈烂掉的。"

火车站上有许多人和无数的行李与邮包正等着上车呢。

"这才是真正属于我的地方！"火车兴奋地呜呜叫了起来。

从那以后，这辆小火车又恢复了往日的风采，每天按部就班地在铁轨上奔跑着。

祝你身体健康

[英] 安德鲁·兰 著

有一个国王，住在一个古老的城堡里，他制定了一个非常奇怪的法令，就是无论何时，只要他一打喷嚏，这个国家的每个人都必须要说："祝你身体健康！"

据说，当时举国上下的人都遵守着这条法令，惟独有一个长着一双浅蓝色眼睛的牧羊人不愿意这样做。

国王获悉此事后，气得火冒三丈，立刻派人把牧羊人带到了他的王宫。

当牧羊人走到国王的御座前，国王坐在那里是那样的威严与强大，但牧羊人丝毫都不胆怯。

"快说，祝我身体健康！"国王大声命令道。

"祝我身体健康！"牧羊人随口答道。

"祝我身体健康，是我的，你这个恶棍、流氓！"国王被气得怒吼起来。

"是祝我，祝我的身体健康，尊敬的陛下。"牧羊人聪明地回答说。

"要祝我，祝我自己。"国王忍无可忍地大叫道，并用双手捶打着自己的胸部。

"是的，要祝我，当然是祝我自己身体健康。"牧羊人则轻轻叩着自己的胸部说。

国王此时已经被牧羊人的回答气得七窍生烟，不知如何处置他。

这时，国王身旁的大臣终于忍不住说话了，他悄悄对牧羊人说："你应该说：'陛下，祝你身体健康。'因为如果你不说这句话，你就会丢掉自己性命的。"

但是，牧羊人却回答说："除非国王同意把他的女儿嫁给我，我就说，否则，就不说。"

这时，公主恰巧正坐在她父亲的御座旁。她看上去就像一只活泼的小鸽子一样甜美可爱。当她听到牧羊人要娶她为妻时，情不自禁地笑了起来。

她觉得这个牧羊人真有趣，甚至要比所有王公大臣的儿子更能让她快乐。但国王的想法却和他的女儿不一样，他听后依旧怒容满面。

于是，他命令士兵立即把牧羊人扔进关着白熊的笼子。那头巨大的白熊已经有两天没吃过一点东西了，此时它已经饿到极点。笼子的门还没来得及完全关上，它就不顾一切地朝牧羊人猛扑过来。这时，它突然发现牧羊人那炯炯有神的目光，看上去是那么令它可怕，它根本不敢再上前碰他一下，因此它最后只得无奈地啃起它自己的爪子来。

牧羊人心里知道，一旦自己把目光从白熊身上移开，便立刻会被它撕得粉碎。为了能保持清醒的意识，他不停地唱着各种的歌曲。唱着唱着，不知不觉，黑夜慢慢地过去了。

到了第二天清晨，大臣来到笼子前，他以为会在笼子里看到牧羊人的一堆尸骨，但他惊奇地发现牧羊人仍然还活着，而且全身毫发无伤，于是大臣把他重新带到了国王的宝座前。

国王看到他仍然活着，不由得又怒火中烧，"年轻人，面临死的滋味怎么样？难道你还是不想说'祝我身体健康'这句话吗？"

"你就是再让我死上十次我也不会说，除非公主能做我的妻子，否则我绝对不说这句话。"牧羊人依然坚定地回答。

"那么你就去死吧！"国王大声喊道。

于是，他命令士兵把牧羊人扔进一个关着野猪的笼子。那些野猪也已经有将近一个星期没吃东西了，牧羊人被扔进笼子后，野猪都不顾一切地围了上来，看得出，它们可以顷刻间把他撕成碎片。

正在这关键时刻，牧羊人从容不迫地从衣袖里拿出了一根短笛，放在嘴边吹出了一首非常美妙动听的乐曲。音乐刚刚响起，野猪就好像都怕羞似地朝后面退了一退，接着便都抬起前腿，一个挨着一个，附和着笛声，欢快地跳起舞来。这些野猪的舞步真是滑稽可笑，但此时牧羊人丝毫不敢笑出声来，他不能停止下来。因为他知道，一旦自己住手，那些野猪立刻就会发疯似地冲上来，把他撕碎。此时他的眼睛已无法再发挥作用，因为他无法同时盯住十头野猪。他只能不停地吹啊吹啊，野猪和着笛声慢慢地跳着，好像它们在跳小步舞曲一样。后来，牧羊人的笛声越来越快，野猪也跟着越跳越快。最后，它们都累得几乎来不及转身了，一个个都精疲力尽、上气不接下气，倒在地上再也无法动弹了。

牧羊人终于再也忍不住哈哈大笑了起来。这笑声是那么长久，那么响亮，当国王的大臣闻声来到笼子外时，只见牧羊人已经笑得满脸都是泪水，大臣谁都没有料到牧羊人还活着。

第二天凌晨，国王刚刚起床，牧羊人又被带到了他的面前。国王看到那些凶恶的野猪对他也毫无作用，真是又气又恼。"喂，年轻人，你昨天已经尝过十次死到临头的滋味了，现在还是快说'祝我身体健康'吧!"

但牧羊人依旧毫不动摇地说："除非你把公主许配给我，我才会说，否则，一百次的死亡威胁我也不会怕。"

"那么就请你尝尝一百次死亡的滋味吧!"国王此时已近乎疯狂地吼着。

他吩咐士兵把他推入布满长柄镰刀的深井里。士兵们拖着牧羊人来到了一座昏暗阴森的土牢。在土牢中央有一口深不见底的枯井，井的四周布满了一百把锋利的长柄镰刀。井底还点着一盏小灯，这样在上面的人随时都可以看到被扔到井底的人。

来到了土牢里，牧羊人请求士兵允许他单独留下看看那口井。士兵们都以为他害怕了，想考虑一下是否要对国王说"祝你身体健康"。于是，他们便同意他一个人留在了井边。

等到所有士兵都离开后，牧羊人立即把他的长木棍竖在井旁，然后把他自己的斗篷与帽子悬挂在木棍上，并在斗篷里塞进了一只包袱。如果在黑暗中一瞧，好像有一个人正倚在井边一样。一切准备就绪之后，牧羊人便悄悄地藏在角落里，对门外的士兵说，他还是不愿对国王说"祝你身体健康"这句话。

士兵们进来后，不由分说，举手就将井边的那个假牧羊人扔进了枯井。当他们看到井底的那盏灯熄灭后，以为这次牧羊人真的完蛋了。

第二天清晨，国王的大臣提着一盏灯来到井边，当他看见牧羊人依旧好好地活着时，吓得几乎瘫倒在地上。过了好大一会儿，他才打起精神，带着牧羊人再次来到国王的跟前。

国王见到牧羊人的出现也是又惊又怒。他说："你已知道一百次的死亡是怎么一回事了，这下你该对我说'祝你身体健康'这句话了吧。"

但牧羊人还是以前那句话："除非你把公主嫁给我，我才会说。"

国王见用硬的不行就改用软的方法。于是他命人备好马车，带着牧羊人来到一片银树林跟前。国王对牧羊人说："看见了吧，这是一片用银子建造起来的树林，只要你能说声'祝你身体健康'，我便同意把这座银树林送给你。"

牧羊人犹豫了一会儿，依旧坚持说："除非你把公主嫁给我，我才会说。"

国王无奈，又带着他来到一座宏伟的城堡里。这座城堡金碧辉煌，全部都是由黄金铸造而成的。

国王用手指着城堡对他说："看见了吧，这是一座用纯金铸造起来的城堡，只要你答应对我说'祝你身体健康'，这座城堡与那片银树林就全部归你啦。"

牧羊人稍稍想了片刻后，仍然说："不，等我做了公主的丈夫，我才会说这句话。"

国王被牧羊人的话气得快要发疯了，但却又别无他法，只好又带着他来到了一个钻石池边。"年轻人，仔细瞧瞧吧，这是一个装满钻石的池塘，只要你同意对我说一声'祝你身体健康'，这个钻石池塘以及那个银树林和那座纯金城堡将全部属于你了。"

牧羊人赶紧把眼睛闭上，以免被耀眼的钻石搞晕了头，最后他依然坚持说："不，不，尊敬的陛下，在你把女儿嫁给我之前，我决不会说的。"

国王见威逼利诱对牧羊人都无济于事，最后只得无奈地让步了。他对牧羊人说："好吧，年轻人，我决定把女儿嫁给你，但你必须要对我说'祝你身体健康'！"

"那当然喽，我还有什么理由不说呢？"

话音刚落，国王高兴极了，他赶忙吩咐大臣把这件喜事通告给全国。

举国上下的人都为公主拒绝那么多贵族求婚者而同意嫁给长着一双蓝眼睛的牧羊人而感到高兴。国王为他们举办了前所未有的盛大婚礼，人人都沉浸在喜庆中开怀畅饮，所有人都高兴地跳起了舞。所有的孩子们也都得到了国王赏赐的礼物。

在婚礼上，遵照当地传统习惯，男傧相送上了一只硕大的烤猪头，恭敬地放在了国王面前，准备等他切第一刀。这只烤猪头的浓香味溢满整个宫殿，国王不由自主地打了个喷嚏。

"祝你身体健康！"牧羊人抢在所有人开口之前高声喊了出来。

国王听到后，高兴地简直忘乎所以了，连公主也开怀地笑了。

过了几年，国王去世后，牧羊人接替了国王的王位。在他做国王期间，再也不强迫人民做他们不愿做的事，但城中所有的老百姓都真心希望他能身体健康。他的身体一直很健康，他和公主以及整个国家的人民幸福地生活了很久很久……

柯克号小船

[英] 多萝西娅·斯诺　著

有一条小船，住在一个非常美丽的湖里。小船又短又宽。在小船的两舷上涂着耀眼的白漆，甲板被涂成浅绿色，船舱是杏黄色的，船顶则被漆得火红火红的。这条小船的名字叫柯克。

"这个名字还是我给它起的呢，"麦克格莱先生经常骄傲地对人这么说，"因为它的确是一条漂亮而又讨人喜欢的小船。"

柯克最早并不是一条小船，而是麦克格莱先生院子里的一堆木板，然而成为一条小船是他心中渴望的一个梦。

终于有一天，把它由一块一块木板拼装成了一条小船，那时的它觉得多么自豪啊。而当麦克格莱先生在它的身上涂上最后一层油漆后，柯克觉得自己简直就是世界上最最美丽的一条小船了。然后，等到麦克格莱先生用红漆在船头的两边写上"柯克"这个名字之后，它兴奋地全身上下不由得抖动了起来，差一点将船舱的门闩给折断。

就这样过了一段时间后，它脸上的那种洋洋得意的神情慢慢地不见了，心里一点儿最初的骄傲也没有了。

事实上，它觉得它是全世界最可怜的一条船，因为它知道，自己是在家里被造出来的。像它这么一条由家中造出来的小船，出现在一百艘由世界上最负盛名的工匠手中制造出来的船只中间，还有什么可以值得骄傲的呢？直到柯克进入水中的一刹那，就已经意识到了这一点，可是它已经悄然无声地开始了它的生涯。

湖面上，所有的帆船都在注视着它，同时大笑了起来。所有的游艇也在看着它，心里暗暗嘲笑。所有的快艇也都瞧着它，对着它哈哈大笑。哦，可怜的柯克号小船此时简直难过极了！

有一天，柯克感到心里特别难受，而且恰巧也就在这一天，总督与他的妻子和他们的一对儿女，来到了湖边。

柯克猜想他们肯定会乘船在湖面上游玩一圈。实际果真如此。

没过多久，就看到有一艘宽敞的快艇驶向他们，把他们一一接上了船。然后随着几声"突！突！突！"，快艇便开足马力飞快地朝湖心驶去。柯克看到快艇全速地在浪尖上飞驰，听到它马达的轰鸣声是多么嘹亮啊！而它的船头犹如一把锋利无比的尖刀立刻把湖水一分为二，激起的浪花分外壮观。快艇不停地在浪花上欢快地跳跃着，嗡嗡的响声不绝于耳。

柯克简直都看呆了，它多么希望自己也能像这艘快艇一样，能在湖面上箭一般地飞快行驶啊！

它心中暗自希望此时总督与夫人以及他们的孩子们千万不要朝它这里看。正在这时，突然在湖心传过来一声轰鸣声与一阵巨大的劈劈啪啪的声音。嘎嚓！嘎嚓！嘎嚓！快艇的马达瞬间被熄灭了，水手试了好几次，它那可怜的发动机再也转不起来了。

　　总督和夫人以及他们的孩子耐心地在快艇上等了一段时间，但是渐渐地他们就对这个瘫痪的家伙感到厌倦了，再也不想顶着烈日坐在快艇上继续等下去；在他们眼中，它已不再是一艘漂亮的快艇。

　　正在这时，一条让人开心的帆船向他们靠了过去。于是，总督和夫人以及他们的两个孩子万分小心地跨进了这艘小帆船里，帆船顺着风慢慢地在湖上行驶起来。

　　但没过多久，湖面上的风停了，帆船也走不动了。即使帆船使足了劲也仍然停在老地方。总督和夫人及孩子们又耐心地等了一会儿又一会儿，渐渐地他们又等得不耐烦了。

　　忽然，又有一艘豪华的游艇朝他们驶了过来，随后把总督他们接了上去，接着他们又在湖里游荡了起来。可谁知刚刚行驶了一会儿，这艘游艇的发动机也发出了"卡嗒、卡嗒、卡嗒"的声音，船夫们试了好几次，仍无济于事，最后，发动机无力地转了几下就彻底停了下来。总督和夫人及他们的孩子坐在游艇里等啊等啊，尽管船上的凉篷能遮住烈日的直射，但他们渐渐地又失去了等待的耐心。

　　麦克格莱见状从船坞里跑了出来，他跑上码头，飞快地跳上柯克号小船，开动了马达。小船很快地离开了码头朝湖心驶去。与此同时，另有一艘快艇、一条漂亮的帆船和一艘游艇也正向湖心开去。

　　柯克号与这三艘船都停靠在总督他们乘坐的那艘游艇旁边。然而总督和夫人以及他们的孩子们却不愿再上快艇，同时也拒绝上漂亮的帆船，更不愿意上游艇。

　　"够了，够了，我们已尝够了坐这些船的滋味，"总督和夫人及他们的孩子都不高兴地说，"乘坐这些总是在湖心抛锚的船，真让人受不了，让我们一起来试试柯克号这条小船吧！"

　　总督和夫人及他们的两个孩子坐进了这条在自己家中造出来的小船。柯克号载着他们在湖面上疾驰。最终，当柯克号安全平稳地停靠在码头上那豪华的旅馆旁边时，它此刻感到无比的自豪，总督和夫人及两个孩子高兴地从船上走了下来。

　　"嗨，它真是一条出色的小船，"总督对麦克格莱先生说，"要比那些外表装饰花哨的没用的船可靠得多了!"

"是的,的确如此,我亲爱的!"他妻子也赞同地说。

"真的,它棒极了,它确是一条出色的小船。"两个孩子也异口同声地称赞着。

现在柯克感到是那么快活和幸福,它知道,尽管自己是那么渺小,是在家里造出来的一条小船,然而,依靠着他朴实的外表和优良的性能,最终通过行动证明了自己,使别人和自己相信,自己是这个世界上一条非常出色的小船。

从不工作和永远不工作的人

[英] 斯蒂芬·科尔　著

有一个老人,住在一个偏远的小镇上,他非常喜欢做木器活,因此,自己开了一家这样的商店。他整天都在店里面刻着木鸭和木鹅。他所刻的这些木鸭木鹅有的被装在风向标上,有的送给猎人拿去设陷阱用,有的则卖给人们当作装饰挂在屋子里,远远望去就像一幅油画———群黑压压的野鹅飞过了白粉墙。

他的一生是那么喜欢雕刻木器。他终日都在这样干着,一天到晚地坐在店堂里,一手拿着一把刻刀,另一只手拿着一块木头,不停地刻着野鸭、野鹅,然后再给它们涂上颜色。他在野鸭身上涂上绿色和黑色,给野鹅则涂上五彩缤纷的颜色,随后把它们都一一挂在商店的橱窗里,让人们在路过时都能看见。

人们都从四面八方慕名赶来,在他的店里买着各样的东西,同时还会与他聊上几句,因为他是个待人既和蔼又快乐的老人。但是有一件事使这些各地来的客人始终弄不明白,那就是在老人的房门上,写着几个大字:"从不工作和永远不工作的人。"

"咦?"四方的客人疑惑地问道,"怎么吉姆·倍雷整天刻呀、画呀、卖呀，却还说自己是'从不工作和永远不会工作的人呢?'"

四方的客人说，"他整天都在工作，在用一生雕刻着木器，不论是明天还是后天他照样都在工作。他这么写，到底是什么意思呢?"

"这意味着，"吉姆·倍雷解释说，"我一生中的确从没工作过一天，今后也永远不会工作。"

"可你从早晨八点起一直工作到晚上八点，每天都在刻着野鸭、野鹅，你怎么还能这么说呢?"

"如果你还不知道，我可不能告诉你，"老人继续重复地说，"我从没工作过，也永远不会去工作。"

看到大家依然迷惑不解的神情，老人忍不住大笑起来，他笑得很痛快，很爽朗，因为他真是个快乐的老人。随后，世界各地的人们带着他们所买的木鸭子、风向标，摇着头无奈地走开了。"我们实在弄不清他说的到底是什么意思。他是我们当中工作最卖力的一个，而他却说：'我一生从没工作过，也永远不会去工作'。"

后来，又有一些来自各地的懒孩子来到了老人的店里，看他用木块雕刻各式各样的野鸭、野鹅。但当他们看见门上的"从不工作和永远不会工作的人"这几个大字时，他们想道："这个人同我们一样，他从不工作。"可是，当懒孩子们看见他从早晨八点到晚上八点一直在不停地刻着那些野鸭、野鹅时，他们就忍不住问道："吉姆·倍雷，你在工作，你会做东西，而且你整天都在工作，你比我们任何人工作得都辛苦。"

但老人却摇摇头说："走吧，懒孩子们。你们体会不到那上面写的是什么意思。但我还是要说，'我一生中从没工作过一天，将来也永远不会去工作。'如果你们想知道我的秘密的话，你们将来也用不着工作了。"

但是，这些孩子们实在太懒了，他们谁都不愿意动脑筋去猜测老人的秘密，所以他们也都摇着头走开了。

他们边走边说："这老头一定是发疯了，我们根本就不知道他说的是什么意思。这老头发疯了，他整天不停地工作。"

后来，世界各地的其他孩子也来到了老人这儿，看着他用木块刻出野鸭、野鹅，然后再给它们涂上五彩缤纷的颜色。

光是看着老人这么做的过程，就足以使他们感到快乐了，况且有时老人还让他们一起帮着涂上色彩呢。但他们却从来不问老人门上写的是什么意思。因为他们热衷于做手中的事，而且在心里从来都没把这当作是工作。

或许很久以后，他们才能想明白老人所说的那句话到底是什么意思吧。

会打喷嚏的火车

[英] 埃斯特尔·麦金尼斯·厄普森　著

那些住在深山里的孩子非常向往外面的世界，一辆开往山里的小火车成了孩子们的最爱。

每天早上，小火车都会"嘎嚓、嘎嚓"地准时从山下开到山上来。在小火车还没有到达宁静的乡间之前，孩子们就早已听到了它那特别的鸣叫声了。

其他的火车总是发出呜呜的叫声，只有这辆小火车的声音很特别，"呜——呵欠——呵欠——呵欠"，它总是这样鸣叫着从山下爬上来，所以，孩子们都给它起了名字，叫会打喷嚏的小火车。

这辆小火车也非常喜欢这绿色的小山与田野里那一群群可爱的马和牛，它还喜欢经常注视着它的老朋友，就是那条匆匆忙忙地向大海奔去的山间小溪。小火车也爱那每天经过的美丽的花园与白色小屋。

锃亮的铁轨犹如一条银蛇绵延盘山而上。当小火车在弯转曲回的铁轨上行驶时，它总喜欢一边叫着："加油！加油！"它的头一会儿从这边探出来，一会儿又从那边露出来。当它快速地朝山下冲去时，它总是兴奋地高声叫道："多么有趣啊，多么有趣啊！"而每当它呼哧呼哧地往山顶缓慢爬去时，它也总是不停地对自己鼓劲说："加油！加油！"等到小火车终于爬到山顶，它就会鸣叫着向所有的孩子亲切地招呼致意。

"小火车来啦！小火车来啦！"一些孩子都并排坐在栅栏上，向它高兴地挥舞着双手，还有一些孩子则从他们那白色小屋的窗子里探出身子向它招手，有的孩子们甚至还在它的后面紧紧地追赶着。他们嘴里还齐声叫道："小火车，等一等！"可是小火车并没有停下来，只是继续向前行驶，不住地发出"呵欠—呵欠—呵欠"的声音。

当然，孩子们是永远也追不上小火车的，因为它跑得实在太快了。不大一会儿，它便消失在山边那黑乎乎的隧道里——好像一只兔子消失在地洞里一样。

火车司机和司炉也同样非常喜欢这辆小火车，甚至觉得在整个世界上，它都是一辆最出色的小火车。它总是跑得那样的准时，那样的快乐，它不但是人们见过的最漂亮、最整洁的小火车，而且还是一辆那么快乐、那么可爱的小火车！

这一天，小火车依然像往常那样欢快地在铁轨上行驶，它爬上一座小山，随后又从山上冲了下来，然后又从一排排白色的小屋旁奔驰而过。

这时，突然，一件意外的事情发生了，它在一座高高的大桥前停了下来。小火车停得那样的迅疾而突然，以致于把车上的一些旅客都从座位上抛了出去，使他们摔倒在过道上。

火车司机也大吃一惊，这可不像是小火车的举止啊！究竟是出了什么毛病呢？火车司机哄啊、劝啊，但是小火车就是不肯再向前动一下，它只是低声哼上几声，然后又静静地躺在原地。

猛然间，只听车厢里有人大声喊了起来："噢！天呐！快看大桥！大桥要倒塌啦！"远远望去，一点儿不错，那座大桥就在人们的眼皮底下塌为碎块，掉入了深深的河水之中。

这时，大家才知道小火车为什么突然变得这么固执了。如果它再不停下的话，所有的乘客早已掉到河里去了。大家都为自己的死里逃生而庆幸，同时他们也非常感激小火车，正是它救了大家的命！

那天，小镇里所有的人都不约而同地从家中跑出来迎接他们的小英雄。当镇长把一枚金光闪闪的奖章戴在小火车头上时，乐队也同时奏起了欢快的音乐，全镇的居民都高兴地拍着手，附合着音乐的节奏，挥舞着手中的小彩旗。孩子们则用五彩缤纷的小旗子与飘带把小火车装扮得无比漂亮。

"让我们为小火车欢呼三声吧!"孩子们异口同声地说,"好哇!好哇!好哇!我们的英雄小火车!"

小火车此时感到无比的高兴与自豪,它披着满身的小旗子与彩带缓缓地离开了小镇。小镇的居民远远地看着小火车离开,直到它消失得不见了踪影……

金鹅与少年

[英] 伯莱·汉普顿 著

在很久以前的一个小村子里,住着一个农夫,他有三个儿子。最小的儿子叫约翰尼,家里人都觉得他很笨而瞧不起他。

一天,老大到森林里砍柴,在他出门前,母亲给他一块蛋糕与一瓶酒,怕他在途中又饿又渴。

当他刚到森林边时,迎面遇见了一个穿着灰色衣服的古怪老人。那个老人向他道过早安后,便乞求老大能把蛋糕与酒分一点给他。

"如果我把蛋糕与酒都分给你,"老大很不悦地说,"那我还吃什么呢,赶快走开!别再来打搅我。"说完,他粗鲁地一把将老人推开,走进了森林。

一会儿,他就来到一棵枯树前动手砍了起来。可谁知他的斧子并没有砍在树上,而是一下了砍在了自己的手臂上。他疼得大叫不已,赶紧狂奔回家去包扎伤口。

等到第二天,轮到二儿子到森林里砍柴,母亲与对老大一样——也给了老二一块儿蛋糕和一瓶酒作为午饭。

当他正来到森林边时,又碰见了那个身穿灰色衣服的老人。他请求老二把食物分一些给他,老二不屑一顾地答道:"快走开吧!我若把蛋糕和酒分给你，我就吃不饱了。"说完，他就把老人撇在路旁独自向森林里走去。

没过多久，他也遭到了与老大一样的惩罚。当他朝树干砍去时，斧子并没有落到树上，而是砸在了他的脚上。于是他也两手空空，一拐一拐地回到了家中。

在这奇怪的事发生之后，老三约翰尼恳求父亲说："爸爸，让我去砍一次柴吧，我能为你砍回来许多许多的柴。"

"别胡说八道了！"他爸爸回答说，"连你两个聪明的哥哥都没能把柴打回来，而且还都受了伤，我怎么能相信你也能行呢？"

但是，约翰尼并没有泄气，一直缠着他爸爸，最后爸爸终于同意了："好吧，我的孩子，那你就去试一试吧，你到时就会知道我比你的经验要多得多。"

转天，约翰尼带着母亲给他的一块硬烤饼与一瓶酸啤酒上了路。来到森林边，像他的两个哥哥那样，也遇见了那个穿灰衣服的老人。

"小伙子，请把你的食物分一点给我好吗？"老人恳求道。

"老爷爷，我只有一块硬烤饼和一瓶酸啤酒，如果你愿意的话，我们可以一起来分享。"老三温和地对老人说。

于是，两个人一起坐了下来。但是当约翰尼打开袋子一瞧，不由得大吃一惊，原来放在袋子里的硬烤饼和酸啤酒不知何时变成了香甜的蛋糕和美酒。随后，他和老人痛快地饱餐了一顿。

饭后，老人站起身来对他说："小伙子，你心地真是善良，愿意和我这个穷老头分享食物，我要报答你。在森林里有一棵很老很老的树，你把它砍倒后，就会在它的树根里发现一样东西。"话音刚落，老人对约翰尼友善地笑了笑，瞬间便消失了。

老三进了森林，按照老人的指点，很快就找到了那棵老树。当他把树砍倒后，就意外地看见古树根里蹲着一只长着纯金羽毛的鹅。

约翰尼小心翼翼地把它抱了出来，带着它来到一家小旅店，准备在那儿住上一晚。

旅店的老板有三个女儿，当她们一看见这只长满金羽毛的鹅时，都惊得目瞪口呆，她们都想知道这是一只怎样的神奇动物，因为她们还从来未见过这样一只长着金色羽毛的鹅。

大女儿顿时起了贪心，决定等候时机去拔一根金羽毛。因此，当约翰尼一走出房间，大女儿就溜进房间伸手朝金鹅的翅膀上抓去。可没想到，她的手刚刚碰上金鹅的羽毛，便被它粘住了。无论她使出多大气力，也无法把自己的手从金鹅的身上挣脱开。

又过了片刻，二女儿也偷偷地溜进了房间，她也想偷一根金羽毛。但当她的手指刚碰到她姐姐的衣服时，立即就被牢牢地粘住了。

不久，三女儿也轻手轻脚地走进了房间，她也想在约翰尼回来之前，拔一根金羽毛。她的两个姐姐一见到她，便冲她大声叫道："走开！快走开！"但她并不明白两个姐姐为什么不叫她过来。"你们可以来，为什么我就不能呢"，她心里想。于是，她毫不理睬姐姐们的叫喊，继续朝前走去，并伸出手向金鹅抓去。当她的手刚刚碰到了二姐姐的衣服时，也立即被粘住了。

三姐妹此时用尽全身力气，拼命想挣脱掉，但是一切努力都白废，她们只好在那儿与金鹅一起过了一夜。

第二天早晨，约翰尼抱着金鹅离开旅店上了路。在鹅的后面仍然跟着那三位姑娘。就这样，约翰尼带着她们跨过篱笆和水沟，穿过大路与小径，无论他走到哪里，后面总是拖着旅店老板的三个女儿。

当他们穿过一片草地时，遇见了一位牧师。他看到三位姑娘紧紧地跟在一个小伙子后面，感到非常吃惊。

"真不知羞耻！"他怒不可遏地叫道。他边叫边伸手要把那最小的女儿拉开。

但当他的手刚碰到姑娘的衣服时也立即被粘住了，不管他是否愿意，那可怜的牧师也只得无奈地跟在姑娘们的后面奔跑起来。他们没走多远，迎面就遇见了教堂的执事。

他瞪着双眼，张着嘴惊讶地看着他的主人正跟在三个姑娘后面奔跑。"嘿！站住，站住，尊敬的主教阁下，你今天还要给人施行洗礼呢。"话音刚落，他就伸手去拉主教。当他的手刚碰到主教大人的袖子时，这可怜的小家伙也不得不加入到了这群奔跑的人的行列。

五个人就这样跟在约翰尼后面跑啊、跑啊。当他们来到一个街拐角时，牧师看见前面有两个农夫，于是立刻大声呼救，让他们过来帮助他俩脱身。

两个农夫听见后赶紧放下手中的农具，跑过来帮忙。可惜，他们也被同样粘住，加入到了这个有趣的行列。约翰尼怀里抱着金鹅，后面拖着七个人，继续跑啊、跑啊。

最后，他们来到一座气势宏伟的城堡。住在城堡中的国王只有一个女儿，但是她性格忧郁，总是愁容满面，城堡中没有一个人能使她发出笑声。为此，国王在城中颁布了一条法令，如果谁能使公主开怀大笑，无论他是谁，都可以娶她为妻。

约翰尼获悉了这个消息后，立即带着金鹅和它后面依次紧紧挨着的七个人，来到了王宫，想为公主解愁。当公主一看到那只金鹅后面拖着七个气喘吁吁的男女时，顿时迸发出一连串快乐的笑声。

从那以后，她再也没有忧郁过，总是笑口常开，笑声不绝。国王见状，真是又喜又忧。欢喜的是自己的女儿终于可以从此笑颜常驻，忧愁的是宝贝千金怎么能嫁给这样一个贫贱的青年呢？

于是，他仔细地打量了一下约翰尼，忽然计上心来，"小伙子，你为公主排忧解难，我非常感激你，如果你能找到一个人，让他在一天之内把我地窖里的酒喝光，到那时我就招你做我的女婿。"

约翰尼立刻想到了那个穿灰衣服的老人，心想，我把这事告诉他，他一定能帮助我的。于是，他就向森林跑去。

他又来到那棵被砍倒的老树前，这时他看见树墩上坐着一个人，脸上露出一副沮丧的神情。约翰尼走上前去，很有礼貌地问他，到底什么事使他如此忧伤，那人答道："年轻人，我快要渴死了，但是喝水却对我身体有害，真的，尽管我刚刚喝完一桶酒，但那对我来说只不过是杯水车薪，求你救救我吧！"约翰尼听他这么一说，就别提多高兴了。随后他立刻把那人带到了国王的酒窖前。

那人一见有这么多的酒，立即坐下喝了起来。他就这样喝啊、喝啊，喝完一桶又一桶，从早晨一直喝到日落西山，把国王酒窖里的酒喝了个精光。

约翰尼看后马上去见国王，要求他兑现诺言。但国王依旧不愿意把公主嫁给一个穷光蛋。于是他眼珠一转，又想出来了一个主意。约翰尼没有其他选择，只能再次来到那片带给他希望和好运的森林。又来到那棵老树桩前。

他又看见一个人坐在那儿，一副饥肠辘辘的样子，腰上紧紧勒着一根皮带。"年轻人，"那人无限悲伤地对约翰尼说，"求你救救我吧，我现在快要饿死了！尽管我刚刚已经吃完了整整一炉的面包，可我觉得还是饿得慌。我的肚子仍然感觉空空的，如果我现在不用皮带把肚子勒紧的话，我准会饿死的。"

"上帝啊！"约翰尼听完他的话惊叫了起来，"你正是我要找的人，快起来跟我走，我会帮助你，让你痛痛快快吃个饱。"说完，他便带着那个人来到国王的前院，只见在庭院的每个角落里都堆满了面包，就像一座小山，仿佛城堡里所有的面包都被送到了这里。

那人见状，立即高兴地坐下，狼吞虎咽地吃了起来。在日落之前，他终于把这一大堆面包都吃到了肚子里。

约翰尼想，这次国王一定会答应把公主嫁给他了。谁知国王再次食言，又提出了新的要求，"如果你能为我找来一艘既可以在水中航行、又能在陆地上行驶的两栖船，并且还要坐着这艘船来见我，到那时我一定兑现诺言，把我的女儿嫁给你。"

约翰尼于是再次来到森林边，在那里他终于见到了那位和他分享食物、身着灰衣服的老人。"你好，年轻人"，他一边对约翰尼和蔼地说，一边晃着他那聪明的小脑袋。

"你知道吗？那个喝干整窖酒、吃光所有面包的人就是我，现在，我还要送给你一条既能在水中航行、又能在陆地行驶的两栖船，我之所以为你做这一切，就是因为你曾经那么友善地对待过我。"

没过多久，只见约翰尼坐着国王要的那艘两栖船，来到了王宫。国王见状无可奈何，只好兑现了诺言，把公主嫁给了他。许多年以后，国王年迈去世了，王位传给了约翰尼，约翰尼尽心尽力地打理着国家，与公主过着幸福的生活。

鲁克和他的小红车

［英］露丝·科尔丁　著

有一个已经四岁了的小男孩，他的名字叫做鲁克，他有一辆既精致又漂亮的小红车。这是一辆崭新的小车，车身色彩鲜艳、闪闪发光，美丽极了，鲁克非常喜欢它。

有时，鲁克在他的小红车里装着一些碎石，来铺一条车道；有时，他把其他的小玩具装在小红车上，从一个地方拉到另一个地方；有时，他就自己坐在小红车里，叫他的大哥约翰尼拉着它走，尽管铺的车道崎岖不平，但他觉得是多么有趣啊！

一天早晨，鲁克走出屋子打算拉着小红车出去逛逛。

当他走到爸爸的车库里去取他的小红车时，却发现他那心爱的小红车不见了。于是，他连忙往马厩走去，因为爸爸有时会把他的小红车与马具放在一起。但他找遍了整个马厩，仍然没有找到他的小红车。这时，鲁克听到马正在踢着蹄子。

"你们见过我的小红车吗？"鲁克焦急地对着那些马大声问道。

但是，这些马并没有回答，只是不停地踢着蹄子，弄得脚下的干草不住地发出了一阵阵"窸窣"声。鲁克又赶忙来到了牛棚，可是牛棚里一头牛也没有，它们此时全被赶到了草原上。

鲁克环顾着四周，始终看不见小红车的影子。这时，他发现附近有一只小灰猫在太阳底下正打着瞌睡，便跑上前去问道："你看到我的小红车了吗？"

小灰猫只是抬了抬头，并没有回答，接着又低下头继续睡它的觉。鲁克又跑到了鸡舍，看见几只母鸡正在窝里孵小鸡。

他在四周找了找，还是没找到那辆小红车，便问："你们见过我的小红车吗？"

母鸡也没有回答，它们只是待在窝里，互相"咯咯、咯咯"地叫了几声。鲁克又跑到花园里，不停地在四下里找啊找啊，依然没有找到他的那辆小红车。

接着，他又朝玉米地里走去。玉米地里的玉米现在已经长得很高很高，甚至比鲁克还要高出一个头。

他在玉米地走动时，玉米叶不时地打在他脸上，发出"窸窸、窸窸"的声音。他找啊找啊，找了好久好久，却始终找不到他的小红车。

就这样找了一会儿，鲁克发现在他四周已经全是高高的玉米，再也看不到车库、马厩、牛棚与鸡舍了。

他感到此时又热又渴又累，他多么希望现在妈妈或者大哥哥约翰尼能在他的身边啊。他有些害怕了，不由得小声哭了起来，他哭呀哭呀，越哭越伤心，声音也越哭越响。

过了一会儿，他听到了母亲的叫喊声："鲁克！鲁克！你在哪儿？"

"我在这儿！妈妈，我在玉米地里！"他大声回答道，同时也停止了哭泣。

母亲很快穿过玉米地来到了他的身旁。"噢，亲爱的！你跑到玉米地里干什么？"她关切地问道。

"我在找我的小红车。"鲁克伤心地回答说。

"我的宝贝，"母亲亲昵地拍了拍他的头说，"跟我来，我要带你去看看你的小红车到底在哪儿。"说完，她就带着鲁克穿过鸡舍，走过牛棚，经过马厩与车库，最后来到了爸爸在冬天堆放农具的木棚里。

在木棚的中央，他的那辆小红车正静静地停在那儿。在小红车上还有一些干草，那是鲁克以前放上去的。

鲁克走近一看，躺在干草堆中的是他家的那只大黑猫，此时，大黑猫静静地卧在那里，在它的旁边，有五只刚刚出生的小猫咪正在呼呼睡大觉呢。

小羊羔

[英] 约瑟夫·雅各布　著

　　很久很久以前，有一只小羊羔。它长着四条瘦小的，走起路来蹒蹒跚跚的小细腿。虽然它只是常常独个儿嬉戏，但却玩得挺快乐。

　　有一天，它要外出去看望它的奶奶，一想到会从奶奶那儿得到许多好吃的东西，就高兴得跳了起来。

　　就在去的路上，它遇到了一只豺，豺贪婪地注视着这个幼嫩、鲜美的口中之物，说："小羊羔，小羊羔，让我把你吃掉吧！"

　　然而小羊羔却轻轻地蹦跳了一下，对豺说："我现在要到奶奶家去，在那里我会长得又肥又大，到那时你再吃我吧。"豺觉得小羊羔讲得有道理，于是就放它走了。

　　小羊羔向前走着走着，迎面又碰见了一只兀鹰，兀鹰贪婪地望着它面前的这个鲜嫩的佳肴说："小羊羔，小羊羔，让我把你吃掉吧！"然而，小羊羔还是轻轻地蹦跳了一下，对它说："我要到奶奶家去，在那里我会长得又肥又大，到那时你再吃我吧。"兀鹰也认为小羊羔讲得有道理，随后放它走了。

　　小羊羔继续朝前走啊，走啊，一路上它又陆续地遇见了虎，后来又遇到了狼、狗和老鹰，它们说的话都跟以前一样，当它们看到这稚嫩鲜美的佳肴时，都说："小羊羔，小羊羔，让我把你吃掉吧！"但是，小羊羔呢，它仍是在它们面前轻轻地蹦跳了一下，回答他们说："我要到奶奶家去，在那里我会长得又肥又大，到那时你再吃我吧。"

　　最后，小羊羔终于安全地到了奶奶家。它迫不及待地对奶奶说："亲爱的奶奶，我刚刚在来的路上已经答应了人家要长得又肥又大，因为一个人要兑现自己的诺言，所以请你现在就送我到粮仓里去。"

　　奶奶听它这么说，就夸它是个好孩子，并且把它放进了粮仓里。这只贪吃的小羊羔在粮仓里一连待了七天。它在粮仓里不停地吃呀，吃呀，吃得都走不动路了。

小羊羔的奶奶说，它已经吃得非常肥胖，必须回家了。但是精明的小羊羔却说那可不行，因为它现在长得又嫩又肥，肯定会被那些野兽们吃掉的。

"我来告诉您必须做什么，"精明的小羊羔对奶奶说，"您需要用我那死去的兄弟的皮来做一只小鼓，然后，我就可以钻在里面滚着它朝前走，反正我现在的身体已经和那一只鼓一样鼓鼓的了。"

随后，它的奶奶用它那死去兄弟的皮做了一只小鼓，在里面还放了一些羊毛，小羊羔蜷缩在里面既温暖又舒适。于是它向奶奶告别，就快活地滚起圆筒回家了。

不久，它就碰到了老鹰，老鹰大声叫喊："小鼓！小鼓！你看见小羊羔了吗？"

蜷缩在柔软温暖的小鼓里的小羊羔回答说："它掉进火里啦，你也会这个样，小鼓继续朝前滚！咚吧——咚吧！"

"真是太倒霉了！"老鹰后悔地叹息着。想到当时放过那个鲜美的口中之物，它真是懊悔不已。与此同时，小羊羔滚着小鼓安全地朝前去了。小羊羔偷偷地笑着，唱着："咚吧—咚吧；咚吧—咚吧！"

一路上小羊羔遇见的每一只走兽和猛禽都向它问同一个问题："小鼓！小鼓！你看见一只小羊羔了吗？"

这个顽皮的小家伙则对它们也是同样的回答："它掉进火里啦，你也会这个样，小鼓继续朝前吧！咚吧—咚吧；咚吧—咚吧；咚吧—咚吧！"

于是这些野兽们也都叹息着，为自己当时让那鲜美的口中之物溜走而感到后悔莫及。

最后，饿极了的豺浑身软绵绵地朝小鼓走过来了，在它的脸上露出一副令人同情的样子。它大声地问道："小鼓！小鼓！你看见有一只小羊羔了吗？"

小羊羔蜷缩在温暖舒适的小鼓里，得意地回答："它掉进火里啦，你也会这个样，小鼓继续朝前吧！咚吧—"

但是，此时小羊羔再也走不了了，因为豺立即就听出了它的声音，于是豺大叫着："喂！你是躲在了里面，是吗？赶快出来吧！"

小羊羔吓坏了，怎么也不出来，可是豺上前一把就撕开了小鼓，然后抓住了小羊羔，开心地把小羊羔给吃掉了。

风儿的工作

[英] 莫德·林赛　著

天刚刚亮，男孩简就睡醒了。他刚一睁开眼，就看见放在屋角的那只大风筝。那是他的大哥哥做完送他的。风筝上有一张笑嘻嘻的圆脸，后面还拖着一条长长的尾巴——一直从床沿延伸到壁炉边。但是今天不知道为什么它一点儿也没有笑，倒好像是哭丧着脸问简："你们干嘛把我做出来，难道就是为了让我孤独无聊地待在屋角里吗？"

它已经待在屋角里整整两天了，因为这两天天空中一丝风儿也没有，所以它再努力也上不了天，不能像鸟儿那样快活地飞在空中。

听到风筝的报怨，简跳下床，穿好衣服跑到门口，想看磨坊的风车是不是在转。因为他昨天就在盼着风快快到来。可磨坊的风车此时静悄悄的，风车的长臂也一动也不动地在原地伸着、垂着，连院子里的树叶也纹丝不动。

磨坊盖在高高的小山顶上，人们可以从老远就能看见。只要一看见那大风车在转动，这儿的所有人就再也不担心挨饿了，因为当农民把麦子运来，磨坊工人整天就都有活干了。

简跑到磨坊门口，只见磨面工人正懒懒地站在门前，抬头看着头上的云朵，又望了望远处的天空，自言自语道（不过简没听到）：

唉，怎么就没有一丝风？
我的风车纹丝不动！

小麦都堆成了垛，

我有多少工作要做！

可风儿就是不露脸，

这可叫我怎么磨面？

　　磨坊工人说完，叹了口气，接着又看了看下边的村子，只见一个面包师戴着整洁的白帽、白围裙，也正懒洋洋地站在门口。面包房里的炉子冷冷的，没有一丝热气，面粉桶也是空空如也，没有一点儿面粉。

　　他也同样在对着天空自言自语：

唉，怎么就没有一丝风？

磨坊的磨盘一动不动！

要是磨不出好面粉，

我也就没法勤奋！

我的炉子在停工待料，

缺了面粉，哪来的白面包？

　　面包师这些话简听得清清楚楚，因为他就住在面包房的隔壁，正好是邻居。

　　简听了这些话，心里难过极了，想走过去安慰他几句，正在这时他又听到街那边有人在说话：

唉，怎么就没有一丝风？

我洗了衣服一大桶！

清早我又刷又绞，

双手沾满肥皂泡，

但愿风儿来快点，

吹干我的湿衣衫。

原来是阿姨在对面草坪上，一边晾衣服一边在说话。

简看见自己那件镶了褶边的白衬衫一动不动地晾在绳子上，阿姨把衣服洗得真白，像雪一样白！

阿姨这时回过头看见了简，她对他招招手说："你过来，小简，来帮我晾衣服吧。"简匆匆吃了几口早点便跑出去帮助阿姨拎起篮子，篮子好沉，但是，简一点儿也不在乎。

正当他帮阿姨晾衣服时，忽听有人一边走路一边唱歌，声音挺大，像是刮风时的呼啸声：

> 嘀，要是来了快活的风啊，
>
> 哟嘀，小伙子啊，哟嘀嘀，
>
> 我的船儿马上起航，
>
> 哟嘀，小伙子啊，哟嘀嘀，
>
> 船儿驶到大海上，
>
> 在金色的阳光下乘风破浪，
>
> 该有多欢畅！
>
> 风儿啊，快快来，
>
> 带我们出海，
>
> 哟嘀，小伙子，哟嘀嘀！

简和阿姨以及所有的人都不约而同地朝街上瞧，想看看究竟是谁唱得这么欢。原来是船长。他有一艘白色的大帆船，简曾在港湾看见过。那时船上装满了各种玩具和花布，要运到很远很远的地方去，可是没有风，船根本走不了。

船长等啊等啊，实在等得不耐烦了，才来到街上走走，不自主地就唱起了歌，想让自己能快活快活——他喜欢快快活活地过日子。

简觉得船长唱的歌真动听，等他帮阿姨晾完衣服往回走时，心痒痒的也想唱。于是他学船长的样子，把两只手往裤兜里一插，挺起胸，高声唱起来："哟嘀，小伙子啊，哟嘀嘀！"他只记得这一句，其他的词全忘了。

简正在唱着这一句时，忽然觉得好像有什么东西在吻他的面颊。他回头一看，帽子也突然像着了魔似的，一下子飞到花圃里。他跑去追帽子，又听见四周好像有声音在对他低声细语。

他看看前面，又看看后面，看看左面，又看看右面，却一个人也没有。当他抬头无意中看了看教堂塔顶上的风向标时，风向标呜呜地向他叫道："傻孩子，是风儿从东方来了！"

啊！一点儿不错，是风儿来了。瞧大树已经最先知道了，它们频频地向风儿点头，还撒出一些叶子表示欢迎。树叶在风中翩翩起舞，飞下山谷，随后又旋起一个个快活的圈圈。大风车的长臂也高兴地舞动起来！嗬，那么快！越转越快！一袋袋小麦倒进了磨盘，磨盘里立刻筛出了雪白的面粉。面包师也把炉子烧热了，随后又把鸡蛋敲碎，倒进一只大缸里，和进面粉搅拌。这时候，船长也早已把船帆高高扬起，船儿迎着清新的海风驶出了港湾，正像他歌里唱的那样：驶向大海，驶向遥远的国家。

简看着大船走远了，赶快跑回家去拿他的风筝，他看见阿姨晾在绳子上的衣服一件件随风飘起，好像跳舞一样，有的被风吹得鼓得像只大气球。

回家的路上的花草都在不停地向他点头招呼。

简的风筝终于飞起来了。它飞得高过了树梢，高过了屋顶，又高过了菜园里的风信标，最后甚至飞得比山顶上的磨坊还要高。

"这才是我的天地！"风筝快活地说，"我要飞得更高！"它真的飞得越来越高，越来越高，好像瞬间长了翅膀一样！忽然间，只见它抖动了一下，挣脱了线，向远方飘去。

不一会儿，简便再也看不见它的踪影了，因为天空中有了风儿，风筝就长上了翅膀，从而飞到了遥远的地方……

小小旅行家

[英] 莫德·林赛　著

有一天，有一个小男孩儿突然想要到很远的地方去旅行。他的妈妈非常疼爱他，不忍心让他一个人走那么远的路。但是妈妈非常理解孩子的心，知道他是为了出门锻炼自己，以便将来出息。

所以，她把小儿子拉到身边，双手扶着他的肩膀说："好孩子，你去吧，时时刻刻都要勇敢。妈妈想着你，在家等着你。"

小男孩儿感激地吻了吻妈妈，说了声："妈妈，再见！"就出发了。他一边走一边恋恋不舍地回头向妈妈招手，妈妈也向他招手，直到他走远，再也看不见妈妈了，他才一直朝前方走去。

不久，小男孩儿就来到一条小河边，他站定了，看着小河暗暗地说："怎么办才好？这条河我怎么才能过去呢？"

这时候，有一只白天鹅游了过来，对小孩说："有困难就必然有办法解决，你跟我来吧！你跟我来吧！"

于是，小孩儿跟着天鹅走，来到了有一排踏脚石的地方，一步一步地跨过去，当跨到第七步时，他就顺利地过了河。

小男孩儿回头谢过了天鹅，对它说：白天鹅，白天鹅，遇上你我真高兴！

请你给我妈妈捎个信。

我想念着她，她想念着我，

告诉她我已经勇敢地过了河。

白天鹅带了孩子的口信往回走，小孩子继续往前走。

他走啊走，忽然听到前面传来好听的声音。呀，原来有这么多小鸟在唱歌，这么多蜜蜂在采蜜，在前方有一大片翠绿的青草地，还点缀着很多好看的花朵，在花丛里许多美丽的蝴蝶在跳舞！但小男孩儿并没有停下脚步，他一边走一边欣赏着，还对着鸟儿们一起唱。

走了不久，他看见远处有一片小松林。当他穿过小松林，听见前面又响起了潺潺的流水声，原来是一条小溪横在前面。

他站在小溪边，往左边看看，又看看右边，自言自语地说："怎么办才好！这条小溪我怎么过得去呢？"

这时候，一阵风儿吹来，对小孩儿轻轻地说："有困难就一定有办法，你跟我来吧！你跟我来吧！"

于是，小孩儿跟着风儿走，走了一会儿，风儿"呼"地一声，把溪边一株高高的松树吹倒，横在了小溪上，这样，小孩又顺利地从树干上过了小溪。

小男孩儿谢过了风儿，并且对它说：风儿，风儿，遇上你我真高兴！

请你给我妈妈捎个信。

我想念着她，她想念着我，

告诉她我已经顺利过了河。

于是，风儿也带上了小男孩儿的口信往回吹，小男孩儿继续往前赶路。

他走啊走，眼前来到了一个大牧场。牧场里到处长满了青青的三叶草。在阳光下，白色的羊妈妈一心一意地在吃草，羊羔们在妈妈身旁无忧无虑地一个劲儿在玩，东跑跑西跳跳。

小男孩儿穿过大牧场，远远看见好像有一条银带在闪闪发亮——原来又是一条河！滔滔的河水在阳光下一闪一闪地发光。小男孩儿往左边走一阵，看了看，又往右边走一阵，看了看——他想找到一个能够过河的办法。

恰好此时，有个木匠叔叔走过来，小男孩儿上前一鞠躬，礼貌地问道："叔叔，我要过河去，这可怎么办呢？"

木匠叔叔回答说："有困难就一定有办法，你跟我来吧！你跟我来吧！"

小男孩儿跟着木匠叔叔又走了一阵，看见前边河面上有一座木桥，原来桥是木匠叔叔不久前在那里新架的。

于是小男孩儿又谢过了木匠，走过桥，又回头对木匠叔叔说：叔叔，叔叔，碰见你我真高兴！

请你给我妈妈捎个信。

我想念着她，她想念着我，

告诉她我已经从桥上过了河。

木匠叔叔点点头，表示一定会把口信捎给男孩儿的妈妈。小男孩儿继续向前走去，来到一条小路上。小路沿着山道曲曲弯弯爬上山顶，拐了一个个弯儿后又曲曲弯弯地下了坡。小男孩儿此刻两只脚已经走得又累又酸，但是他并没有坐下来，而是继续坚持着往前走。

当穿过一片长着刺的草丛后，小男孩儿终于翻过这座山，来到了一个峡谷。峡谷的深处流淌着一条大江，江水又深又宽。小男孩儿无助地站在江边，身边再没有天鹅带路，也没有风儿帮助，木匠叔叔也不在了，这下可怎么办呢？

"我一定要过去，我得想个办法。"小男孩儿暗暗地说。于是他坐下来一边休息，一边想办法。

正在这时，在他脚下的岸边传来"喂，喂！"的声音，他走到峡谷下面一看，原来是一条小船。小船正拴在一株柳树边，它看见小男孩儿便对他说：小朋友，小朋友，你可会划桨？

解开船，坐上来，我带你过江。

小男孩儿非常高兴，随后解开柳树干上的绳子，跳上小船，拿起桨就开始划起来。江水在他脚下哗哗地响，小男孩儿把小船划到江心，一只小鸟也跟着飞到江心——小鸟自己有翅膀，它可用不着小船。

小男孩儿看见小鸟，便大声对小鸟说：小鸟，小鸟！你飞得那么高！

请你给我捎个信好不好？

我妈妈在家里把我怀想，

告诉她我坐着小船过大江。

小鸟就带着小男孩儿的口信往回飞，小男孩儿划着小船顺利地过了江。他把小船系在一块大石头上，挥挥手谢过了小船，又往前走去。

他走啊走，忽听前面传来"呼啦！呼啦"的声音。他越往前走，声音越大，仿佛是在唤他："来呀，来呀!"原来前面就是大海了。海水不停地拍打着海岸："呼啦! 呼啦!"像是在欢迎这个小男孩儿："来呀! 来呀!"

海真大，远远望去看不到边，海水碧绿碧绿，洁白的海浪打在岩石上，开出了一朵朵白花。小男孩儿还从没有见过这么辽阔的海，他高兴极了! 可是海面这么宽大，怎么才能过去呢? ——有啦! 看那边不是停着一只大船吗? 小男孩儿于是跳上甲板，把洁白的帆儿高高升起，风儿吹着船帆，大帆船就顺着风扬帆起航了!

天渐渐地黑了，天空中出现了一颗颗小星星。它们不停地忽闪忽闪眨着眼睛，此时海面上风平浪静，像一面镜子。小男孩儿看着天上的星星，轻轻地对它们说：小星星，小星星，您怎么老爱眨眼睛?

请你给我妈妈捎个信，

说我坐船过大海，

大海是妈妈的胸怀。

第二天早晨，太阳终于从海平面露了出来。小男孩儿看见远处有一片陆地。小男孩儿兴奋极了，因为这就是他要去的地方。

小男孩儿来到陆地边下了船，上了岸，踩在一片开满鲜花的土地上。小鸟们唱着歌欢迎他，蝴蝶们也为他跳起舞。

但是，不久岛上就起风了。风儿呼呼地一直吹过来，不一会就把乌云全都召到了一起，紧接着就是闪电和雷鸣，转瞬间大雨也哗哗地下起来了。鸟儿们都赶忙飞回了家，蝴蝶们也躲到了花丛下。

此时此刻，小男孩儿多么想念妈妈啊!"我得回家了!"他自言自语地说，"我得想个办法快快回家。"他刚说完，雨突然停了，乌云从中间裂开一条缝，太阳又重新露出了笑脸。看呐，在天空中出现一道彩虹，一头落在这边，一头挂在遥远的那边。既像一张大弓，又像一座彩桥。小男孩儿看见了，心中高兴得不得了。他又轻又快地跨上了这座彩虹桥，踏上了高高的弓顶，往远处的对岸望了望，便看见了自己的家，妈妈正站在桥头那边等他呢!

"妈妈! 妈妈!"小男孩儿飞快地跑过去扑进了妈妈的怀抱，"妈妈，我一直在想念您，我终于回来了！"妈妈抱起小男孩儿，不停地亲着他，对他称赞说："我的好儿子，你终于回来了，妈妈想死你了，你真是一个勇敢的孩子！"

甜甜和翩翩

[英] 莫德·林赛　著

有一对恩爱的鸽子，他们有两个孩子。一个歌唱得很动听，叫它甜甜；另一个飞翔得很好看，所以叫它翩翩。甜甜和翩翩跟爸爸妈妈同住在一间白色的小房子里，房子就搭在王宫那高高的屋顶上。

每天清晨，它们早早地就起床，迎着绚烂的阳光高高飞翔。一会儿飞向东，一会儿飞向西，一会儿飞向南，一会儿飞向北，是那么自由自在。一直飞到黄昏，太阳恋恋不舍地落山时，它们才又一齐回到小屋里睡觉。

一个晚上，它们依偎着妈妈和爸爸，亲热地聊着天。只听见鸽子妈妈说："咱们飞了一天，到过那么多地方，又看见那么多东西，我们每个人都轮流讲一讲，你们看见些什么了。鸽子爸爸你先带个头吧！"

于是，鸽子爸爸开口说："今天我飞到一条小溪边，小溪在阳光的照耀下闪闪发亮，溪水唱着歌穿过了小树林。在小溪的两岸长满了高高的青草，溪水是那么清澈见底，我试着把脚伸进去，很凉很凉！我当时真后悔没带你们一起去。"

"我去过，"鸽子妈妈说，"那条小溪一天到晚都在匆匆地赶路，它们都想要去加入到大河中。一路上它们还带动着一座座磨坊的大轮子，帮着人们磨面。"

"今天我在花园里和鸟儿们谈天，"甜甜接过来说，"有鸫（dōng）鸟、乌鸦、知更鸟等各种各样的鸟。它们都给我唱歌，我也给它们唱歌。大家在一起可快活了！乌鸦歌唱着丰收，知更鸟歌唱着阳光。鸫鸟唱得最好听，它还赞美自己树上的窝儿最漂亮！"

"你们唱歌我全都听到了,"翩翩补充道:"我当时就坐在教堂那高高的塔顶上,你们都没有看见我。塔顶很高很高,我想我当时一定比什么都高呢!但当我往上看时,看见了太阳更高,还有白云,白云在天上慢慢地飞,也像咱们鸽子一样。我又向下看,远远的,我看见了咱们的白色小屋。我好高兴,因为世界上再没有比远远地看见自己家更让人感到欣慰的了!"

"我从不飞远,"鸽子妈妈说,"我今儿去访问了鸡场,当时母鸡们正在聊天,它们看见了我,都向我问好:'咯咯,早安!咯咯,早安!'火鸡在一旁,边说边点头;公鸡则伸长脖子问:'喔喔,你好哇!'

"正当我跟它们闲谈时,一个姑娘走出屋来,在她的手腕上挎着一篮子金玉米。她把玉米粒儿撒给了大家。公鸡也邀我一起吃,我一边吃,一边想起你们兄弟俩,心想,如果你们也在那里该有多好啊!——好啦,我们该睡了,明天再谈吧!"

"咕咕,咕咕,晚安!"甜甜、翩翩也跟鸽子爸爸一齐说。立刻,鸽子家便安静了下来。

鸽子妈妈提到的那个撒玉米的姑娘,就是皇帝的小女儿。小姑娘这时正在屋里弹琴,但是她心里却有点儿难过,因为她的爸爸明天要到很远的地方去。

她非常爱她的爸爸,爸爸也很爱她,父女俩还从来没有分开过呢!其实皇帝想到明天就要离开心爱的女儿,到遥远的地方,心里也非常难过。

养鸽人知道以后,便对他说:"让甜甜和翩翩帮助你们吧。你明天出门时带上它们,到了那很远的地方以后,叫它们替你捎信回家,小公主收到你的信时就会快活了。"

于是,甜甜和翩翩第二天就与皇帝一起启程了。它们被放进一只笼子里,在笼子外边蒙着布,由一个骑马人提着。甜甜和翩翩不知道要把它们带到什么地方去,心里不免有点儿害怕,一声不响地互相依偎着,想着心事。感觉过了很久,马队终于停下来不走了。甜甜和翩翩被带去见皇帝。

皇帝揭开了笼子,甜甜和翩翩不约而同地歪歪头,看见那高高的太阳(因为它们起身时太阳还没出来呢),知道现在离家一定很远很远了!一想到自己离家这么远，它们心里都难过了起来，同时更害怕了。但此时皇帝轻轻地抚摩着它们的羽毛，悄悄对它们说话，它们立刻就放心了，觉得皇帝会照料好它们的。

接着皇帝拿出了两个小信封、两条小绸带，把一封信系到甜甜的翅膀下，又把另一封信系到了翩翩的翅膀下，然后将它们抛向天空。"飞吧，小鸽子！"他说，"快快飞回家，把我的爱带给我的小女儿！"甜甜和翩翩可快活了！它们张开翅膀向家的方向飞呀，飞呀，它们终于自由了，它们恨不得马上飞回家！

但在路上，它们只看到一片片树林，原先它们每天都见过的一幢幢屋顶，屋顶下一格格闪闪的玻璃窗现在都不见了。甜甜顿时又害怕起来，翩翩安慰它说："别怕，我听说过这个地方，这里离家并不太远。"它们说着便一直往家飞。

树林里，几只灰色小松鼠跳到了树顶上，想邀请它俩一起玩，但它们一刻也不愿停留。住在林子里的一只大鸽子看见它俩，大声喊道："咯咯，小兄弟，到我家坐坐！"它俩只是谢了谢，又不停地继续飞。

"离家一定不远了。"翩翩说，不过心里还是有点担心会飞错方向。这时候甜甜觉得好累，于是让翩翩自己先飞回去。但是翩翩不愿丢下甜甜，于是它就放慢了速度，甜甜不一会儿就跟上了。

忽然，它们发现了一条小溪，两边长着高高的青草，它们想，这一定是爸爸曾经来过的那条小溪。于是它们把脚伸进了那清清的溪水，溪水果然凉极了！它们不由得欢叫起来，因为这里离家越来越近了，越来越近了！此刻，甜甜再也不害怕了。它们随后又飞过一片小树林，便看到了那高高的教堂屋顶和屋顶上那个金色的风向标。

甜甜和翩翩终于又看到了一幢幢屋顶……太阳此时已经偏西，一格格的玻璃窗上映射出红彤彤的夕阳光。屋檐下的孩子们看见了它们，一边招着手一边齐声喊道："下来，甜甜，下来，翩翩！"

但是甜甜和翩翩根本没工夫玩，它们一口气飞进了自己白色的家。鸽子爸爸和鸽子妈妈看见孩子们回来了，不停地说："咯咯，乖乖，咯咯，乖乖。"全家都高兴得不得了！养鸽人把甜甜和翩翩带到小公主身边。她随手解下了它们俩翅膀下的信，读着读着便开心地笑了！甜甜和翩翩也非常高兴，因为它们知道一定是自己给公主带来了好消息。

第二天早晨，花园里的鸟儿们你告诉我，我告诉他，大家都知道了甜甜和翩翩给公主送好消息的事，甚至连母鸡们和小鸡们也听说了，它们乐得到处唱，到处跑。鹈鸟听到了这个消息后，立刻飞去向甜甜和翩翩表示祝贺，又为它们唱起它创作的那支歌：

　　　哪怕路途遥远，哪怕山高水深；
　　　我要抱定信心，一定飞回家中。

灰猫妈妈

[英] 莫德·林赛　著

有一只可爱的大灰猫，她当妈妈了。她一共有三个孩子，一个白猫，一个黑猫，还有一个是像妈妈一样的灰猫。

灰猫妈妈和她的三个孩子一起住在屋旁的谷仓里。在三个小家伙儿刚出生时，眼睛就像一条线，根本睁不开，于是猫妈妈用舌头给它们舔呀舔，又给它们喂奶。

几天以后，它们终于睁开了圆圆的小眼睛，它们好奇地四处张望：呀，世界真可爱啊！不过它们觉得最可爱的还是它们的妈妈。因为猫妈妈曾答应它们说，等它们长大了，就带它们到主人家的大院子里走走，还要到菜园里去玩儿。

猫妈妈每次从大院儿里回来时，都会给三个孩子讲许多有趣的事，比如自己跟主人的孩子玩皮球啦，在后院儿柴垛里逮住一只大老鼠啦，等等。三个小猫听得简直入了迷，真巴不得妈妈早点儿带它们出去玩。

这一天，灰猫妈妈回家来，果然带来了好消息："我给你们找到了一个新家——一只大箱子，里边还垫好了衣服，可暖和了！我马上把你们搬过去住。"

灰猫妈妈说着便用嘴衔起小黑猫往谷仓外面走，小黑猫起先还有些害怕，用一双前脚搓搓脸，又眯起眼睛瞅了瞅金灿灿的阳光和阳光下的每一样东西，它觉得都很新鲜，渐渐地也就不怕了。

灰猫妈妈衔着小黑猫经过场院时，场院里有一只白母鸡喊得震天响："咯咯咯咯——咯咯咯咯——"原来她刚刚生了一个蛋，想让大家都知道。灰猫妈妈并没理她，只管匆匆地往前走。

她进了屋，把小黑猫放进了大箱子里。小黑猫一路也看累了，箱子里果然挺暖和，一会儿就睡着了。灰猫妈妈也顾不上休息，又跑回谷仓去抱其他的孩子们。

正当灰猫妈妈转回谷仓时，女主人走进屋来，看见箱子的盖子打开着，便顺手关好，并锁上，随手把钥匙放进衣兜里。她做梦也没想到箱子里还睡着一只小黑猫。

女主人离开了房间就上楼去了。这时候灰猫妈妈又返回来了，嘴里衔着她的白猫孩子。她一看箱子被锁上了，心中可急坏了！

她赶忙跳到箱子上用爪子拼命抓呀，抓呀，抓呀，但就是抓不开。于是她立即跳下箱子，又去掏锁眼，掏哇，掏哇，掏哇，可就是掏不开，那个锁眼儿太小了，连只小老鼠也钻不进去，可怜的猫妈妈在原地伤心地哭了。怎么办呢？

她抱起白猫孩子重新又跑回谷仓，放回了老地方，接着又匆匆地赶到大院，跑上了楼，来到女主人的卧室。

女主人正在跟她的宝宝玩。灰猫妈妈看在眼里，一想起自己的宝宝还被锁在箱子里，她就伤心极了！她走到女主人身边，一面用身子不停地蹭着女主人的裙子，一面说："喵，喵，我要宝宝！"

女主人以为她是饿了，就下楼来到厨房，把牛奶倒在碟子里。灰猫妈妈当然不想喝，她是要箱子里的宝宝。于是女主人又给了她一尾小鱼，她也不想吃，只是一个劲地哭："喵，喵！"她不要吃牛奶，也不要吃鱼，她只要她的小宝宝。

猫妈妈在楼梯不停地跑上跑下，好心的女主人这次跟她下了楼。灰猫妈妈把她带到了大箱子旁边，用爪子抓抓箱子，叫道："喵，喵!"女主人问："你这是怎么啦?"边说边摸出了钥匙，插进锁眼，打开箱盖。嘿，小黑猫还睡得挺香呢! 灰猫妈妈立即跳进去，把小猫吓了一跳，小黑猫这才苏醒过来。小黑猫想问妈妈怎么弟弟妹妹们还没来，妈妈衔起了它便往谷仓跑去。经过场院时，母鸡们还在那里咯咯咯地谈天说地。

　　小黑猫回到老家，看见弟弟妹妹们很高兴，灰猫妈妈也很高兴。接着灰猫妈妈在三个宝宝身边躺了下来，对它们说，这里才是咱们的家，也只有这里才最安全，以后哪也不去了。